Anne-Gaëlle Balpe
Sandrine Beau
Séverine Vidal

Roulette russe
Rouge bitume

oskar
éditeur

« *Quand elle n'est pas hideuse,
la vie est magnifique* »
Manu Larcenet, *Le combat ordinaire*

« *Pour Emma, Youri et Tomaso
qui existent aussi dans nos têtes.* »
A.-G.B., S.B. et S.V.

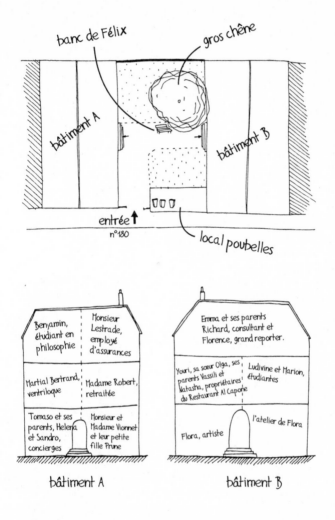

banc de Félix

gros chêne

bâtiment A

bâtiment B

entrée ↑

n°180

local poubelles

bâtiment A

Benjamin, étudiant en philosophie

Monsieur Lestrade, employé d'assurances

Martial Bertrand, ventriloque

Madame Robert, retraitée

Tomaso et ses parents, Helena et Sandro, concierges

Monsieur et Madame Vionnet et leur petite fille Prune

bâtiment B

Emma et ses parents Richard, consultant et Florence, grand reporter.

Youri, sa sœur Olga, ses parents Vassili et Natasha, propriétaires du Restaurant Al Capone

Ludivine et Marion, étudiantes

Flora, artiste

l'atelier de Flora

Schéma réalisé par notre complice, FLAMBI !

Chapitre 1

Cour du 180

— Félix ! Mais qu'est-ce que...

Je lâche les poubelles qui dégringolent dans un bruit de plastoque. Félix est par terre, sous son banc, dans une flaque épaisse et écarlate qui n'est pas du vin. Son visage est à peine le sien, mélange de rouge et de violet, boursouflé, traversé de plaies ouvertes. Félix, mon pote, qu'est-ce qui s'est passé, t'es tombé sur un mec à l'alcool violent ? Tu lui as piqué son cubi ? Je suis là, à genoux dans le sang et je ne sais pas quoi faire de mes mains. Je gueule. Je regarde partout autour pour tomber sur quelqu'un. Et je gueule encore.

Finalement je sors mon portable de la poche de mon fute. Taper un 15 n'a jamais été plus difficile. On dirait un numéro à quarante-deux chiffres. Je me concentre comme si je devais sauter des haies.

Félix, vieux, faut pas me faire des trucs pareils, faut pas crever là, sous ton banc, pour rien. Faut pas faire ton clodo jusque dans la mort. Mon portable tremble au bout de mes doigts. Finalement j'entends une voix et je balance tous les mots dans le désordre. Sang. Venir. Félix. Grave. Dans la cour. On me demande : « Votre adresse, monsieur », d'une voix posée de standardiste. Ça me calme et je réponds, cette fois dans l'ordre : « 180 rue des Innocents ». Ensuite je ne peux pas m'empêcher d'ajouter : « Faites vite, y a vraiment super urgence là, je sais même pas s'il est vivant, j'entends rien ».

Comme si ça allait changer quoi que ce soit. Comme si ça allait transformer l'urgence en urgence d'urgence. Comme si ça allait donner plus de temps à Félix et l'empêcher de sombrer.

Quelqu'un débarque dans la cour. Les pas, d'abord tranquilles, accélèrent et arrivent jusqu'à moi.

— Tom ! Putain, c'est quoi ce délire ?

— J'sais pas, Youri, j'sais pas, je viens de le retrouver comme ça, je l'avais même pas vu en passant tout à l'heure. Ça craint Youri, j'crois qu'il est mort.

— T'as appelé le SAMU ?

— Ouais. Mais faut vraiment qu'ils accélèrent.

— Comment ça a pu arriver un truc pareil ?

— J'sais pas Youri. J'ai pas les idées claires là. Mais qu'est-ce qu'ils foutent au SAMU, c'est pas vrai !

— Ils vont arriver, t'inquiète, dans deux secondes, c'est sûr. Il a vraiment été amoché, c'est ouf, on le reconnaît à peine.

D'autres pas s'approchent. Plus légers. Plus féminins. Youri et moi on est toujours à genoux, impuissants, immobiles. Flora, l'ange gardien de Félix[1], se précipite sur lui en poussant un cri. Elle nous lance un regard à la fois plein de questions et de détresse. L'air de dire : « Pourquoi il n'est pas resté chez moi hier soir ? » Je craque à nouveau :

— Mais ils font quoi, là ?

J'ose pas me mettre debout même si par terre, près de lui, finalement je sers à rien. Mes yeux se baladent aussi loin qu'ils le peuvent.

Un bruit de sirène finit par me répondre. L'ambulance débarque dans la cour. Youri se lève pour dégager les poubelles qui sont restées

1. Dans *Roulette russe* 1, on découvre que Flora, artiste habitant le 180, héberge Félix de temps à autres.

par terre. Il fait de grands signes, comme si les toubibs ne nous avaient pas vus depuis leur engin, et moi je reste à côté de Félix. Paralysé autant que lui, avec juste un peu de souffle en plus.

On me fait comprendre qu'il faut que je m'éloigne. Les médecins s'affairent, sortent des tuyaux, des compresses, des seringues. Youri et moi on regarde ça comme on regarderait un magicien faire son tour. Sans cligner des yeux.

Quelques minutes plus tard, Félix et Flora sont avalés par l'ambulance. La sirène, encore. Et puis plus rien. Ne reste dans la cour que le sang sur nos genoux. Ne reste dans la cour que le silence. Assassin.

Chapitre 2

Rez-de-chaussée gauche, loge du gardien, bâtiment A

On est sonnés, Tom et moi. On n'a pas dit un mot depuis la fuite de l'ambulance, Félix en vrac dedans, la pente de la rue d'Aligny à toute bombe.

On se retrouve tous les deux assis devant un lait-fraise et deux pailles, dans la loge de la mère de Tomaso. Un peu plus on avait droit à un dessin animé, un bon vieux *South Park* : « Soyez sages les garçons, sinon vous allez jouer dans la chambre… ».

Elle a pas encore pigé que nos huit ans sont derrière nous depuis longtemps. Tomaso, ça l'énerve ; moi ça me fait marrer. De l'indulgence pour la daronne de mon pote, j'en ai en réserve. Helena je la bichonne depuis cet été, depuis que ce gros pervers de Cat Killer a fait dans « l'Emmaphilie[2] ». C'est grâce à la mère de Tomaso que les flics ont débarqué, qu'on est sortis de là sans blessure. Sans blessure qui saigne, hein. Parce que mon cœur mon âme mes os mes muscles mon cœur encore, on a plié, on a failli y rester. Des semaines à hurler la tête dans l'oreiller, hurler pour Emma, par Emma, comme Emma.

Je m'entends dire tout haut :
— Merde, c'est reparti !
Comme si je sortais d'un sale rêve. Tomaso me demande d'un mouvement de menton :
— Hein ? De quoi tu parles, Youri ?
Ça me réveille bien, je dis :
— Non mais sans déconner, on a eu un an tranquille, un an, la vraie paix et là, Félix en sang, c'est reparti, retour en enfer, voilà.
Tom accuse le coup, Helena pleure en douce, adossée au frigo.
— Triste, c'est si triste pour ce brave Félix. Elle le dit deux fois, elle démarre son petit couplet de chanson. Si triste pour ce brave Félix…

2. Dans *Roulette russe* 1, Emma a été enlevée par un habitant de l'immeuble.

Je sais pas si c'est le lait-fraise, le concerto en mots et larmes d'Helena ou le souvenir de Félix en sang sous les tuyaux, mais je sens un sursaut.

— Debout Youri, bouge tes fesses, on file chez Capone. Faut trouver ces salauds. Les affaires reprennent.

Tom a parlé. Comme si du débat, y en avait pas, comme si des détectives, on en était pour de vrai. Comme si Emma allait nous rejoindre au resto avec son petit air de rien, son petit air de tout, comme si on n'allait pas trembler de la trouver encore si jolie, comme si…

On fonce sur nos skates. Longtemps qu'on n'avait pas mordu le bitume, qu'on n'avait pas pris le vent tous les deux, nos casques sur les oreilles. Moi, j'ai cru qu'on avait grandi, que le QG, les enquêtes, cette folie de gosse, c'était fini-foutu-mort. Faut croire que non. On se retrouve rapide devant la grande porte, le rideau rouge, le couloir vers notre table, vers Irina. Un an sans tout ça, c'est bon de revenir.

— Salut les petits, vous avez manqué à votre Irrrina. Qu'est-ce qui vous amène ? C'est pas trop grrrave ?

Irina file derrière le bar pour préparer nos

verres. Elle en sort trois, mauvaise pioche, et les pose devant nous. Le verre d'Emma, vide sous nos yeux, ça crée une tension palpable. Je dis :

— Elle est pas morte, Emma. Elle est pas là, c'est tout. Faut arrêter avec nos tronches d'enterrement, au boulot !

Je suis celui-là. Celui qui fait croire que ça va, que ça va aller ou que c'est pas loin d'aller mieux.

— Je vous sers quoi ? Comme d'habitude ? De la grenadine et un demi-doigt de vodka ?

— Fais péter, Irina, on en a besoin !

— Vous me racontez ?

— C'est Félix. Il s'est fait tabasser au 180. On sait même pas comment il va. Flora doit nous appeler de l'hosto.

— Vous avez une piste ?

— Nan. Enfin si. Des tags tout pourris sur les murs dans la cour, la semaine dernière. Des trucs de fachos, codés. On sait pas si c'est lié.

— Et la petite, elle en pense quoi ?

— La petite elle en pense rien, la petite elle roucoule avec son blaireau, ça lui altère les neurones.

— T'es en forme mon Tomaso, tu dis rien et puis, tout à coup, t'es en forme.

Je me marre.

Malgré Félix, le sang dans la cour, le mélange vodka-nostalgie, Emma dans les bras d'un autre, malgré tout ça, je me marre. Tomaso s'énerve à nouveau et c'est bon. On est là, à réfléchir à la suite de l'enquête, à regarder Irina s'affairer au bar.

Si je tournais ça pour mon film, je mettrais la scène au ralenti, avec une grosse musique qui déchire, genre un live d'*Arcade Fire*, histoire de vous faire dresser les poils. Je ferais un gros plan sur les yeux de mon pote puis sur les mains d'Irina, sur le verre vide d'Emma.

On est là, trio moins un.
On est là.

Je devrais avoir mal.

Je sens rien. La tête dans le coton.

Un vieux goût de sang dans la bouche. Je me souviens de leurs coups de pompe dans la tronche. La douleur qui explose et puis le trou de noir.

Je baigne dans un truc. J'ai souvent des réveils violents mais là…

Garder les yeux fermés, c'est l'idée. Peux pas les rouvrir toute façon, même si je voulais.

Pas envie de savoir dans quoi je suis étalé.

Et puis qui m'embarque ? Eux ? Pour me finir ?

Les voix je les reconnais pas. J'ai envie de gueuler : « Aidez-moi ! Je vais mourir » et rien ne sort. Pas un son. Pire que la prison. Je suis enfermé. En moi.

Ça s'agite autour. Une sirène, ça je connais bien. L'hiver ils viennent souvent me récupérer, avant le gel. Me coller dans un foyer pour la nuit. Je me débats, pour le principe, leur faire croire que la rue c'est mon choix. Tu parles.

Là, je me débats pas, je peux rien bouger, pas un orteil.

« On va l'emmener aux urgences de Saint-Ambroise. Il a de la famille ? »

Pas de réponse, un silence.

Hé ! Oui ! J'ai une fille ! Je suis pas qu'un tas dans une flaque de pisse ou de sang. Je suis le père de quelqu'un. Je suis quelqu'un. Ils m'entendent pas ou quoi ?

Une main sur mon front. Ça, je le sens. Une main douce. Sophie, c'est toi ? Ils t'ont trouvée ?
« Non, pas de famille. »

Qui est là, qui parle ? Qui raconte n'importe quoi sur mon état civil en me massant le front ?

« Mais je vais l'accompagner. Je peux ? »

Flora. C'est la voix de Flora. Ma fée. Mon ange gardien. Ma main sur le front. Oui, tu peux, viens. Ma famille, c'est toi aujourd'hui.
Ils me portent. Les pompiers, donc. Ou les médecins du SAMU. J'ai peur. J'ai peur tout à coup.
Je sens qu'on roule.

Faut pas que je pense. Sinon je revois les coups de semelles dans le pif. Je les sens s'écraser sur moi.
J'ai pas vu leurs têtes, je suis sûr de rien. Mais ça m'étonnerait pas que…

« Félix, tiens bon. Je suis là. Je vais rester près

de toi. Je t'avais dit de rester avec moi cette nuit. »

Flora… oui… rester près de toi… j'aurais dû… j'ai peur de ça aussi… nous… je vaux rien, pourquoi tu t'emmerdes avec un clodo comme moi… je suis retourné sur mon banc, sous ta fenêtre… je veille sur toi… je veille sur rien en fait. Pleure pas. Pleure pas Flora. Reste là. Laisse ta main sur moi, j'ai mal j'ai peur je sens plus rien je vais mourir…

« Félix, reviens. Je serai là. »

Chapitre 3

Plage de La Rochelle

« Emma, fo ke tu rentre ! On a besoin 2 toi. »

C'est tout Youri, ça. Direct, expéditif, un rien mélodramatique.

Ben ouais, c'est sûr, je vais rentrer. Suffit de me siffler et je débarque dans la demi-heure. En plus, la mer-le 180 ça se fait comme ça, un claquement de doigt et hop, on n'en parle plus !

Et puis, qu'est-ce qui lui prend ? À le lire, on dirait que l'immeuble a cramé ou que le Cat Killer est sorti de son quartier de haute sécurité ![3]

Faut qu'ils arrêtent un peu tous les deux. Il serait peut-être temps qu'ils apprennent à vivre

3. Voir *Roulette russe* 1.

sans moi. C'est pas parce qu'on est les plus grands potes que la Terre ait portés. C'est pas parce que je les ai emmenés, chacun leur tour, voir les étoiles sur mon arbre en leur laissant glisser leurs mains sous mon pull. C'est pas parce qu'on a vécu cette merde ensemble l'été dernier[4]. Faut qu'ils arrêtent de balancer des balises Argos dès que je fais trois pas loin de notre cour.

J'ai ma vie. Et ma vie, elle est ici, à La Rochelle, aux Francofolies.

J'en ai assez rêvé de ce moment. Depuis la petite soirée improvisée au pied de mon arbre, avec tous les voisins, le soir de la fête de la Musique. J'en ai même rêvé toutes les nuits depuis que Ben m'avait invitée à continuer à fêter la musique en privé, avec un musicien rien que pour moi.

Je savais que lui et son groupe allaient partir à La Rochelle pour « se produire ». C'est comme ça qu'ils disent, les fameux Ben and Harper. Ils parlent comme s'ils étaient déjà des pros, moi ça me fait marrer mais je moufte pas. J'ai pas envie qu'on me vire pour cause de vannes déplacées.

4. Voir *Roulette russe* 1.

Alors je me tais et je me remplis de notes et c'est bon.

Pour les Francos, ça n'a pas été simple. Je voulais absolument partir avec lui là-bas. Les couchers de soleil sur la mer en amoureux, y a rien de plus kiffant ! Mais je sentais bien qu'il n'était pas plus emballé que ça, alors j'ai sorti le grand jeu. Toujours là quand il avait envie. Toujours dispo. C'est là que ça a commencé à foirer avec les garçons. Ils en avaient marre de me voir scotchée dans mon arbre. À attendre un signe de Ben. « T'as pas l'impression qu'il se fout un peu de ta gueule, ton Jules ? » m'avait soufflé Youri dans l'oreille, un jour où ils m'avaient rejointe sur mes hauteurs. Tomaso avait tourné la tête comme si le coin du ciel, juste derrière, était devenu incroyablement beau d'un coup. Et moi, ça m'avait gonflée direct.

J'aime pas quand Youri me balance des trucs que je suis pas loin de penser. J'aime pas quand Tomaso se dévisse la tête pour pas que je voie ses larmes qui sont prêtes à déborder.

« Fo ke tu rentre ! On a besoin 2 toi. »
Ouais. Faut pas m'en vouloir mais ça attendra les gars.

Chapitre 4

C'est long, un coup de fil qui n'arrive pas. Ça prend de l'importance. On a du mal à croire que la veille on n'attendait rien, que la vie avançait sans problème, de journées au lycée en week-ends « musique et skate ». Alors que là, depuis qu'on a trouvé Félix à moitié mort, les heures passent en raclant le bitume. Juste parce qu'on attend que le téléphone sonne. Le temps est relatif, pas seulement dans les cours de sciences.

Ça te fait ça à toi aussi, Emma ? C'est marrant mais ce genre de questions, j'ai pas envie de les poser à Youri, ni à personne à part à toi. Du coup, elles restent là, se cognent aux parois de mon crâne et finissent par pourrir sans avoir servi à rien. J'aurais jamais cru qu'un jour je te parlerais comme ça. En silence. Et sans te voir. Comme un fou.

J'en peux plus d'attendre. J'ai les muscles des jambes qui se contractent tout seuls.

— Bon, Youri, qu'est-ce qu'on fait ? On y va ?

— Lâche l'affaire, les hôpitaux, ils acceptent pas les visites à cette heure-ci.

Si tu nous voyais, Emma. Échoués devant la télé depuis plus de trois heures, chips, Coca, télécommande en main. Gros come-back de nos treize ans. L'acné en moins.

Elle aura pas duré longtemps, l'enquête. Ton verre vide sur le comptoir du Capone, faut dire ça nous a foutu un gros coup de poing dans le ventre. Ensuite on était juste bons à rentrer comme des gosses qui ont trop joué dehors. Un peu plus et on mettait nos pyjamas pour passer à table !

— Je vais me coucher, ça me rend dingue de rester là à rien faire. En plus, j'vois pas ce qu'on attend. Si ça se trouve, Flora va juste rentrer chez elle et passer nous voir demain. Laisse tomber le coup de fil.

Je prends ma veste. Youri reste immobile et vautré, une main dans le paquet de chips. Faut l'avouer, il a l'air de supporter l'attente vachement mieux que moi. Sans doute la différence entre ses gènes russes et mes gènes italiens. On fait pas ce qu'on veut avec ses origines.

Bref passage dans la cour, les yeux rivés sur mes pieds. Surtout ne pas voir le banc. Surtout ne pas penser à ça. J'entre dans le bâtiment A. Tout est noir. Aucun bruit.

Une fois dans ma chambre je tombe sur le lit. Mon portable vibre.

« Flora a tél. Félix dans coma mais pas mort. A dem1. »

Je mets un temps avant de gérer l'info. Déjà, recevoir un SMS de Youri concernant Félix, comme si on était ses neveux, j'ai du mal à m'y faire. C'est dingue ce que l'intimité peut ratisser large quand on est à la rue. Mais faut bien, si on veut continuer à être quelqu'un.

Et puis ça surgit comme un éclair sans bruit. Je pense à elle. À ce que Félix m'a raconté, un hiver. Je pense à Sophie Legrand et je ne trouve plus la nuit si sombre.

J'attrape mon portable, paumé dans les plis des draps, et je tape :

« Sophie Legrand. Faut la trouver. C la fille de Félix. Te raconterai. »

Chapitre 5

Le Batofar

Le Batofar, vu du Pont de Bercy, ça en jette : des lumières rouges qui pètent, un vrai feu de joie. Je fonce sur la rampe qui descend sur le quai, une envie de vitesse, une envie de sentir le bitume sous les roues. Je vois Tomaso de loin ; il fait déjà la queue pour le concert, en tee-shirt sous la pluie.

Ce type est fou. Un fou que je kiffe, mais un fou quand même.

Depuis le départ d'Emma et notre premier rendez-vous sans elle chez Capone, on se cherche un nouveau QG. Un coin pour se retrouver en fin de journée, un coin en cas de crise. Avant le drame, c'est-à-dire notre Félix dans une mare de sang, on a testé deux bars de la rue, l'arbre de la cour et ma chambre. Rien de concluant. Les bars nous rappellent qu'il y a mieux ailleurs : le resto de mes darons. Velours rouge, diabolo-vodka et saumon dans l'assiette. Dans ma chambre, on se retrouve avec Olga dans les pattes. Ma sœur a le don pour se pointer dès qu'elle nous entend. Elle s'étale sur mon lit, nombril à l'air, genre « on est potes frérot, refaisons le monde ensemble ». Bref, on n'est pas tranquilles. L'arbre… juste impossible. On s'est regardés lui et moi, deux idiots perchés sur leur branche pourrie. On n'a rien dit, on est descendus direct.

L'ombre d'Emma.

Ce soir, on teste un autre lieu : une super salle de concert sur un truc zarbi, mi-péniche, mi-phare.

Tom a des copains qui jouent, un genre de tremplin rock : cinq groupes passent sur scène et on vote avec des boules de cotillons. Avec le parvis devant comme *skate-park* et le bar, ça peut faire un bureau pas mal pour notre enquête. On est venus pour voir. On verra.

Je mate Tomaso se les geler en parlant à une fille jolie, ça le réchauffe. Je m'approche lentement, mon skate en main.

— Salut Youri. Tu connais Margot ?

— Hum… salut.

Je connais pas Margot, mais je m'en fous un peu. Pas envie de « margoter » ce soir. Ce que je suis venu faire, c'est parler à mon pote dans un lieu neutre qui nous rappelle rien, où on a aucun souvenir flippant. Et puis on a du boulot. D'après le SMS d'hier, on est sur la piste de Sophie Legrand, la fille de Félix. J'ai envie d'en savoir plus. Vire-la, Tom. Dégage cette fille et raconte. Je le dis pas, je le pense fort. J'espère toujours qu'on est au-delà des mots, lui et moi, qu'il va capter mes signaux invisibles. Tom capte rien, il se colle à cette fille. Je les laisse un peu. Je rentre dans la péniche : puisqu'on est là, autant se le manger ce concert, après tout.

Un groupe tout mou qui chante en boucle « peur peur peur peur peur » pour finir dans un grand souffle : « Cette chanson s'appelle *Peur* ». Merci mon gars, on n'avait pas pigé. Lui, il aura pas mes boules de cotillon. Sur scène, il y a déjà le groupe numéro deux. C'est un peu du *speed-dating*, t'as dix minutes pour séduire, sinon tu laisses ta place. Des vieux d'au moins trente-deux ans qui font des reprises de Nirvana « à notre sauce ». Garde ta sauce, pépère, retourne bosser tes accords. Putain, les nazes. Même mon père les trouverait ringards, c'est dire !

Je décide de remonter voir Tom et sa proie du soir. Personne au bar, personne nulle part. Je cherche des yeux, je commence à paniquer. Le gros son, les lumières rouges, la fumée d'ambiance. Je sens que je vacille, tout me revient : le corps de Félix, les larmes de Flora, les mots violents sur les murs. Je tremble, m'appuie au bar. Je crois que je flippe, vraiment. Comme si tout remontait : le taré aux chats, Emma ma minuscule dans les mains d'un autre, Félix dans le coma, Tom qui a filé, moi tout seul au milieu des autres. Je ferme les yeux, je voudrais les rouvrir et me retrouver dehors, les deux pieds sur mon skate. Je ferme les yeux et je me laisse tomber. Je sens une main qui m'agrippe : Tomaso.

— Tu faisais quoi, Youri ? Je te cherche depuis une heure. C'est mort ici, on rentre. Faut que je te raconte. Je crois que j'ai retrouvé Sophie.

Chapitre 6

Bar de La Rochelle

Ça fait bizarre de se demander ce qu'on fait là quand on a rêvé de ce moment pendant des jours et des nuits. Je regarde Ben qui se la joue sur la terrasse du bar de la rue Saint-Nicolas. Même pas dans le off des Francofolies, marqué sur aucun programme, juste là parce que ça met un peu d'animation pour les clients. Mais à l'écouter, j'ai sous les yeux la réincarnation de Kurt Cobain et Jimi Hendrix réunis.

— Je suis pas venue pour ramasser des coquillages, t'es au courant ?

J'ai pété un câble cet après-midi après avoir reçu le SMS de Flora.

— Excuse-moi Emma, mais t'étais prévenue, il m'a balancé la future vedette. Je suis ici pour bosser, tu vois. On a la chance de participer à ce festival, alors j'ai pas vraiment la tête à roucouler.

— Participer à un festival ? Au fond d'une cour pourrie, à une heure du mat', pour un public qui transpire la bière, ouais, je le sens bien le début de la gloire, là !

— Tu sais quoi, il m'a dit avec des sales yeux, je t'ai pas demandé de venir, O.K. ?

O.K. mon pote, message reçu.

Je le regarde s'exciter sur les cordes de sa gratte et je sais pas pourquoi, d'un coup, je le trouve minable... Tu les vois les jolis yeux posés sur toi ce soir, tu les vois les jolies jambes qui se croisent sous la petite jupette, j'espère que t'en as bien profité, parce que t'es pas près de recommencer. Dès demain, mes belles gambettes, comme dit mon père, elles vont sauter dans un train, direction Paris.

Et quand tu seras de retour au 180, dans ta piaule pourrie sous les toits, je te promets que tu vas en baver.

J'entends déjà les réflexions de Youri et Tomaso quand je vais me pointer demain. Enfin Tomaso se contentera d'un regard qui en dit long et Youri dira les mots : « On te l'avait dit dès le début que c'était un naze, Emma ! », « Comment t'as pu oublier ses blagues vaseuses, quand on est venus l'interviewer pour trouver le taré des chats[5] ! »

Ma colère tombe d'un coup. Bien sûr que non, ils ne vont pas dire ça. On s'en fout de Ben, c'est pas ça qui compte. Ce qui compte, c'est Félix. Félix fracassé si j'ai bien compris, même si Flora ne s'est pas vraiment étendue sur le sujet dans son SMS ce matin.

Une heure trente-deux, nuit noire, et j'ai envie de parler à mes potes. Je décolle de cette terrasse pourrie et je compose le numéro de Youri, tant pis si je le réveille.

— Allô… Emma ? C'est toi ?

— Ben oui c'est moi, t'es con.

— Qu'est-ce qui se passe ? Ça va ?

— Balise pas Youyou, je vais bien, je lui dis pour détendre l'atmosphère et parce qu'entendre sa voix, ça me réchauffe comme un bon gros soleil.

— T'as eu nos messages ?

— Oui. Flora aussi m'en a envoyé un. C'est grave Youri ? Il va vraiment mal Félix ?

— Ben… plutôt, oui.

— Qu'est-ce qui s'est passé ?

— On n'en sait rien Emma. On cherche.

5. Voir *Roulette russe* 1.

On cherche sa fille aussi. Sophie Legrand, elle s'appelle. C'est Tomaso qui se souvient que Félix a parlé d'elle une fois. On a peut-être une piste…

— Comment elle s'appelle tu dis, la fille de Félix ?

— Sophie Legrand. Pourquoi, ça te dit quelque chose ?

À fond que ça me dit quelque chose ! Ça s'était passé un soir où j'avais aidé Flora à traîner Félix chez elle. Pendant qu'elle était allée chercher un duvet pour le couvrir, il m'avait agrippé la main, comme un noyé.

— T'es là Sophie, mon tout petit, qu'il m'avait dit avec des yeux larmoyants.

— Eh ! Félix ! Ça va pas ? C'est Emma, là !

— T'es revenue voir ton vieux papa, ma princesse, il avait continué avec les yeux mouillés. T'as viré ton marin d'eau douce ? Bien fait ! Pourri La Baule… Pas un endroit pour toi, ça.

Puis, après un dernier hoquet :

— Pas besoin de péter dans la soie, pas vrai ?

Flora était revenue avec son duvet et Félix m'avait posé une main odorante sur la bouche

— Chhhut ! Ça reste entre nous ma princesse ! Mais je suis drôlement content que tu sois de retour.

Le lendemain, j'avais voulu lui en parler, mais je ne sais quoi dans ses yeux m'en avait empêché. Et puis j'avais fini par oublier. Un délire de clodo, quoi !

—T'es là Emma ?

— Oui, oui, je suis là.

—T'es où ?

—Je rentre d'un concert Youri. Et je rentre tout court.

—Tu rentres, c'est vrai ?

— Ouais. Enfin j'ai encore un truc à régler, mais je me casse d'ici et je vous rejoins vite. Et toi, t'es où ?

— Au 180. On rentre d'un concert nous aussi, avec Tom. Je suis juste sous ton arbre.

—Tu l'embrasses de ma part.

—Tom ou ton arbre ?

— Les deux, banane. Je vous rappelle demain, d'acc ?

— D'acc ! La banane t'embrasse.

C'est con, mais en raccrochant, je l'avais aussi la banane. Plus un début de piste, si mon intuition ne me trompait pas.

Chapitre 7

Rez-de-chaussée gauche, loge du gardien, bâtiment A

Retour au 180. Margot n'a pas fait long feu. Jolie, mais j'avais pas franchement la tête à ça. Des fois, faut pas se forcer. Quand on a la mâchoire qui coince et la tête ailleurs, rien à faire, c'est pas le moment des civilités.

« Sophie Legrand ». Félix m'a balancé ça un hiver où il était à moitié congelé et j'ai noté son nom sur un bout de papier que j'ai toujours gardé. Il a même dit qu'il avait un paquet de fric pour elle, chez un notaire.

— Merde. Elle pouvait pas avoir un nom plus original ? Tu veux qu'on la trouve comment ? Il doit y en avoir quatre cent cinquante sur Facebook.

— C'est clair ! Mais j'ai passé ma matinée à ça. Je sais que Félix a toujours habité dans cette ville. Donc j'ai cherché toutes les Sophie Legrand de l'annuaire. Et je crois que j'ai trouvé.

C'était comme une obsession. Comme si on m'avait confié la mission du siècle. Comme si je ne pouvais pas refuser. Oui, j'avais passé ma matinée à ça. Chercher les Sophie Legrand. Téléphoner. Éliminer celles qui étaient trop vieilles, ou pas assez. Rappeler les absentes. Laisser des messages. Parler de Félix. La montée d'adrénaline à chaque sonnerie, à chaque « Comment m'avez-vous trouvée ? » À chaque silence. Et puis enfin, une Sophie Legrand qui a passé tous les tests. Le père disparu. Vingt ans sans le voir. Une certaine ressemblance entre ses souvenirs d'enfance et notre Félix. Yeux bleus. Cheveux bruns. Un boulot qui rapporte. Ce genre de choses.

— On y va demain ?
— Carrément qu'on y va, Tom. Faut pas perdre de temps ! Ça pourrait peut-être même réveiller Félix.

Le lendemain, nous voilà à cavaler dans la rue

pour un truc qui ne nous concerne pas. Faut croire qu'on aime ça, les mystères.

Une demi-heure plus tard, on se retrouve devant une porte. Figés devant le « Sophie Legrand » écrit au-dessus de la sonnette. Une impression de tout ou rien. Le grand tirage de l'*Euromillions*. Pas de blé à la clé. Mieux. La vie d'un clodo qui crèche dans la cour.

Je prends ma respiration et je sonne. Youri recule d'un mètre, comme si la porte allait nous exploser à la gueule.

— Bonjour.

C'est comme ça qu'elle a commencé. Elle a ouvert la porte et a dit : « Bonjour ». Ses cheveux longs ont voleté sous le courant d'air. On aurait dit la fin d'un film. Avec l'écran noir et la musique juste derrière. Les lumières qui se rallument. Et des larmes essuyées discretos avant que les autres nous voient.

— Sophie Legrand ?
— Oui ?

Je suis dans un tel état de stress que le moindre détail a son importance. Le ton interrogatif de sa réponse me donne des frissons. Je mets quelques secondes à réagir. Youri me donne un léger coup dans le dos.

— Euh… je vous ai appelée hier. Vous savez, à propos de l'homme dans le coma.

— Ah oui ! Entrez. J'ai des choses à vous dire.

Pas bon signe. Renversement de la situation. Elle a « des choses à nous dire », alors que je croyais que c'était moi qui détenais les informations. Je me retourne et regarde Youri. Il me pousse à entrer. J'ai l'impression d'avoir raté un examen et d'avoir à faire face au jury malgré tout.

Sophie nous montre un canapé et elle s'assoit en face.

— Après votre appel, j'ai parlé à ma mère. Ça fait vingt ans qu'elle garde le silence sur tout ça. J'avais cinq ans quand mon père est parti. Disparu. On s'est retrouvées seules. Ma mère ne lui a jamais pardonné. Je n'ai pas pu en savoir beaucoup plus. Ça fait bien longtemps que j'ai abandonné l'espoir de le retrouver. En tout cas, elle m'a dit qu'il était mort il y a deux ans. Qu'on l'avait contactée pour la prévenir. Il n'avait rien laissé pour moi. Et comme ils n'étaient pas mariés, elle n'a reçu aucun héritage. Voilà. Rien de plus, désolée. Apparemment je ne suis pas celle que vous cherchez.

Elle a débité tout ça comme on récite sa poésie. Sans nuances. À croire qu'elle a passé deux heures à apprendre son texte par cœur. Jetant nos espoirs par terre sans même y mettre le ton.

Chapitre 8

Rues du centre de La Rochelle

« Non ! T'en va pas Emma ! », « Ce sera plus pareil sans toi. », « Tu me manques déjà… »

Ah, elle en a de la gueule la Grande Scène d'adieu quand c'est moi qui l'imagine… La réalité est vachement moins romantique. J'ai pris mon sac dès que le jour s'est levé. Il a ouvert un œil, il l'a refermé et il a roulé sur le côté. Il a vraiment de la chance celui-ci que ma tante ait déserté son appart pour nous le laisser. Sinon j'imagine même pas ce qu'il se serait pris dans les dents si elle avait vu la façon dont il me traite.

Mais qu'est-ce qui m'a pris de choisir ce type pour ma première fois ? Je ne vois pas comment j'aurais pu tomber plus mal !

Je plante mes talons dans les pavés de toutes mes forces, comme si c'était sur lui que je marchais. Tiens, prends ça pauvre naze ! De toute façon, je m'en fous. Y a plus grave. Félix, c'est ça la priorité numéro un.

Je pousse la porte du cyber que j'ai repéré la veille et je m'installe à un ordi. Les pages jaunes pour commencer. Pas de pot, y en a des Legrand à La Baule ! Quatorze, rien que ça !

« Ordre et méthode », c'est ce que dit toujours Youri quand il enfile sa casquette de grand détective en chef. Alors allons-y ! Je fais comme tu dis Youyou. Je prends ma liste et je commence.

— Bonjour ! Je voudrais parler à Sophie Legrand s'il vous plaît.

— C'est de la part de qui ?

— Emma.

— Et c'est à quel sujet s'il vous plaît ?

— En fait, c'est personnel.

— Et bien vous savez quoi, Emma Tout Court ? Vous rappellerez quand vous serez décidée à m'en dire un petit peu plus.

Ça commence bien. Heureusement que Tom et Youri ne sont pas là pour assister à mon grand fiasco. Tant pis, je rappelle.

— Bonjour ! C'est moi qui viens de vous téléphoner.

— Oui…

La vache ! Ce type a décidé de ne pas m'aider.

— Emma. Emma Doumont.

— Oui…

— En fait, c'est un petit peu compliqué mais je suis à la recherche de Sophie Legrand, pour son père. Il est hospitalisé et il voudrait voir sa fille.

— Je suis désolé mademoiselle Doumont, mais dans ce cas, vous faites erreur. Nous sommes allés aux obsèques du père de ma femme il y a huit mois.

— Ah… Donc, ce n'est pas ma Sophie.

— Je ne pense pas, non. Mais bon courage dans vos recherches… Et vous voyez, avec un brin de politesse, on obtient ce qu'on veut.

Et gnagnagna… Si tu pouvais m'épargner la leçon de morale, merci !

Bon, en tous cas, premier nom rayé.

Une heure plus tard, je repars avec mon sac sur le dos, la liste des horaires de train pour La Baule à la main et, dans ma poche, un papier. Dessus, les deux dernières adresses à vérifier. Une Legrand S. Et un couple : Legrand Hubert et Sophie.

Arrêt au distributeur (merci Papa pour ma nouvelle carte de retrait !) et direction la gare. Je viens de faire un trou dans le budget de la conduite accompagnée mais tant pis, en rentrant je suis bonne pour quelques heures de baby-sitting en plus chez les voisins du bas.

Ça me prendra le temps qu'il faudra, je me dis en montant dans le train, mais je vais lui ramener sa princesse à notre Félix.

Chapitre 9

Hall de l'hôpital

C'est le lieu de rendez-vous le plus moche de la vie.

« Machine à café de l'hosto. Ramène-toi, j'ai du lourd. » Voilà le message que Tomaso m'a laissé ce soir. Entre treize appels manqués de ma mère et le « Rentre STP, suis seule avec les darons, au secours ! » d'Olga. Marrante celle-là, depuis qu'elle a plus de mec.

La machine à café, donc.

Au bout d'un couloir qui pue. Bonne piste de skate si l'autre en blouse blanche dégage de là.

Au bout d'un couloir qui pue « la mort-noire », aurait dit le mini moi (moi, à trois ans). Depuis que je suis gosse, j'aime pas les odeurs d'hosto. Déjà une pharmacie, ça me met pas tranquille, alors là j'ai carrément l'impression qu'on m'injecte la mort en intraveineuse.

Tom n'est pas encore là quand j'arrive. Je m'assois pour profiter du paysage. Sacré panorama.

Quatre infirmières tordues de rire, le nez dans un *Voici périmé*. Trois vieux qui jouent aux cartes. On est loin d'*Al Capone*. Deux mecs qui s'écrivent leur numéro de portable direct sur les plâtres. Une petite dame perdue dans ses pensées.

Quatre, trois, deux, un. J'ai dû penser tout haut.

— Zéro, me balance mon Tomaso, planté devant moi.

Il sourit. Ça réchauffe. Ce type est mon soleil en fait. Sans lui, je me les gèle.

Je lui dis, du coup. Faut arrêter la pudeur, on a dépassé ça. Il se marre :

— Oh, toi c'est pas la grande forme.

— Y a pas de quoi se fendre la gueule, Tom. Félix allongé là-haut. Je le préférais sur son banc.

— Ouais, pas faux. Justement, je t'ai fait venir pour lui.

— On ira le voir ?

— Mmm, pas tout de suite. Je te raconte un peu.

— Ça aurait été cool de lui apporter sa fille sur un plateau. Merde.

— Ouais. On va la retrouver. T'inquiète. Mais mate ça.

Tom me passe son portable. Il fait défiler des photos prises dans la rue, près du 180.

Je vois des murs, des tags, la ville quoi. La ville, maquillée comme une pute.

— Oui, sympa tes carnets de voyage mais bon, pas très exotiques.

— Regarde mieux. Lis.

Sur la première, en zoomant des deux yeux, je vois : « Blanche toujours ». Ça m'évoque rien. Un mec romantique qui kiffe une fille qui s'appelle Blanche. Je pense à « Emma toujours » puis je me calme, j'ai décidé d'arrêter avec ça, ma pauvre nostalgie chevillée au corps. Retour aux photos. Sur la deuxième, des trucs que je pige pas : « Shlag », écrit deux fois. Sur la troisième, « WP » à la peinture rouge. Je repense aux croix gammées immondes qu'on avait trouvées sur les murs du 180.

— Je capte rien. Tu crois que c'est des trucs de fachos ?

— J'ai cherché sur Internet, Youri. Et ça sent pas bon.

— O.K., mais de toute façon, en quoi ça concerne Félix ?

— Pour l'instant, j'en sais rien. Mais faut qu'on fouille cette piste. « WP » pour « White Power » et « Blanche toujours », je pense que t'as compris. C'est des tags d'extrême droite, quoi ! Des enragés de la race pure.

— Mais « Félix Anselme », on fait pas plus français comme nom. Je vois pas le lien.

— Un mec bourré sur un banc, pour des cons comme ça, c'est peut-être un grand danger. Va savoir ! C'est l'inscription « Shlag » qui m'a mise sur la voie. D'après Kevin, le type qui traîne à la gare, ça veut dire « baltringue », « clochard », « clodo ».

Je laisse un silence. J'ai la nausée, là.

— On va le voir, notre baltringue ?

— Yo.

Devant la porte de la chambre de Félix, je suis pas loin de vomir. Je respire un grand coup et nous voilà près de son lit. Il a des tuyaux partout. Un bandage autour du crâne, le visage amoché, les yeux gonflés de sang. Je m'assois, je lui prends la main. Je la serre, en espérant qu'il se réveille et se mette à tout raconter. Et réponde à nos questions. Qui ? Pourquoi ?

Comment ? Ça on sait. Salement. Violemment. Juste sous nos fenêtres, sans que personne n'entende ses cris.

Tomaso essaye de lui parler :

— Félix, on est sur le coup, on cherche. La police aussi enquête, mais tu nous connais, on n'est pas du genre patient... Flanche pas, t'es pas tout seul. Regarde, on est là. Presque au complet. Flanche pas.

Je me mords pour pas pleurer. Une infirmière me sauve.

— Il faut sortir, messieurs, je vais faire les soins.

À peine le temps de dire au revoir à notre pote pas causant. On se retrouve assis dans le couloir. Les yeux dans le vague.

— Dans le désordre : retrouver Sophie, suivre la piste néonazie, passer voir Flora, aller se boire un verre chez Irina.

— C'est parti ! Commençons par la fin.

On file tous les deux vers *Al Capone*. Je sais qu'on a les mêmes images en tête : le bandage, les yeux bousillés, les mains immobiles de Félix. On glisse, on se tait.

Le bruit de nos roues, les murs qui défilent, les tags qui nous narguent au passage.

La ville, notre ville, maquillée comme une pute. Une pute « blanche toujours ».

C'est quand même des chouettes gamins.

On dira c'qu'on voudra. Que les jeunes ceci, que les jeunes cela, que tout fout le camp. En attendant, qui m'a récupéré sur mon banc, qui m'a donné à bouffer malgré ce que bramait sa mère ? Hein, putain, qui ?

Le petit Roméo et son Russe à roulettes. Je sais plus… Igor ? Olaf ?

Et leur miniature, la gosse pendue aux branches.

Et qui se ramène dans mon palace qui pue la mort pour me tenir compagnie ?

Hein, qui ?

On dira c'qu'on voudra, mais sans eux, l'hiver, je l'aurais pas passé vivant.

J'entends Roméo, c'est lui, c'est sûr.

De quoi il me parle, le gosse ?

Ils sont sur le coup… ils cherchent… la police… ne pas flancher… m'en sortir… j'aimerais bien, mon pote… mais j'ai plus la force… la force de rien… j'aurais dû écouter Flora… fallait faire ce qu'elle disait… se méfier… les mots sur les murs c'était pour moi… c'est qui ces mecs qui m'ont mis dans cet état ?

C'est qui ?

Croire Flora… qu'est-ce qu'elle fout d'ailleurs ? Pas senti sa présence depuis le début… Flora…

Tiens, une voix douce… une fille… peut-être

elle... me faire les soins... elle a fait fuir les deux petits... c'était bon de les savoir là...
Tu vas soigner quoi ma belle...

Tu veux que je te montre un truc à soigner ?

Je sens plus rien
plus mes jambes
plus ma tête.

Je suis le clodo en mille morceaux
je suis le sale clodo et je méritais que ça.

Des coups dans la tronche
des coups dans le bide.

J'avais qu'à pas
j'avais qu'à... être un bon mec, un bon mari, un bon père.

Sale clodo
sale clodo.

Revenez les mômes, j'ai des trucs à vous dire

Chapitre 10

Wagon 12, place 43

C'est long La Rochelle-La Baule. Et j'ai beau me caler avec mon MP3, j'arrive pas à empêcher ma tête d'en faire qu'à la sienne. Me voilà revenue un mois en arrière. C'était le 21 juin. Le jour de la fête de la Musique...

C'est ce soir-là que j'ai vu Ben. Je l'avais déjà vu puisqu'on l'avait interviewé l'été dernier, quand on cherchait le Cat Killer[6], mais en fait je l'avais jamais regardé.

Le soir de la fête de la Musique, mes yeux n'ont vu que lui. Enfin que ses mains. Le truc de l'aimant, quoi ! On voudrait les décoller et on n'y arrive pas. Un genre d'attraction contre

6. Voir *Roulette russe* 1.

laquelle on peut pas lutter, entre mes pupilles et ses mains à lui.

Je me rappelle bien de Youri qui était venu se coller à moi. J'avais senti un souffle chaud dans mon cou.

— Tu viens beauté ?

Il me zieutait comme si j'étais une montagne de profiteroles et il avait glissé ses bras autour de ma taille.

J'avais rien dit, mais c'était pas ces yeux-là que j'avais envie d'avoir sur moi. C'est pas ces mains-là que j'avais envie de sentir. Celles dont j'avais envie, j'arrivais toujours pas à les faire sortir de mon champ de vision. Elles faisaient vibrer des cordes sur la scène improvisée dans la cour du 180 et ça résonnait bizarrement dans le bas de mon ventre.

Je secoue la tête pour chasser mes pensées. À quoi bon remuer tout ça. On voit où ça m'a menée...

Trois heures quarante-cinq à cogiter avant de pouvoir poser le pied sur le quai de la gare de La Baule. Autant dire que ça me démange de passer à l'action. Legrand S. J'ai décidé de commencer par elle. Ça m'évitera de tomber sur un mari désagréable.

Je vais à l'office du tourisme pour trouver un plan. Ça aide d'avoir une mère baroudeuse, on a les bons réflexes. Ma S. Legrand habite avenue Olivier Guichard. Ça tombe bien, c'est juste à côté de la mairie. Ça tombe mal, c'est à plus de trois kilomètres de là où je suis. Un peu de bus, beaucoup de marche et me voilà sur l'avenue en question.

Gros immeuble, avec interphone. La poisse continue. Je cherche dans la liste de noms et j'appuie sur le bon bouton. J'attends en révisant mon texte.

« Bonjour, je suis Emma Doumont, vous ne me connaissez pas mais il faut absolument que je vous parle. » Et si elle insiste trop : « C'est à propos de votre père ». En espérant que ça lui donne envie d'en savoir plus et qu'elle me laisse monter.

J'ai toujours le doigt sur la sonnette mais personne ne réagit. Je regarde l'heure sur mon portable : 13 h 30… Tiens, ça me fait penser que j'ai rien avalé depuis ce matin. Ça serait peut-être bien que je me trouve un sandwich. J'attends encore une demi-heure et je me casse.

Trente minutes en plein soleil, je commence

quand même sérieux à avoir chaud. Et d'un coup, j'ai une idée. Je choisis un nom juste à coté de celui de ma S. Legrand et j'appuie. Un bruit qui m'avertit qu'on décroche et une voix :

— Oui ?

Pourquoi j'y ai pas pensé avant !

— Bonjour, excusez-moi de vous déranger, je m'appelle Emma Doumont et je cherche à joindre Mme Legrand. Vous ne la connaissez pas, par hasard ?

— Si, c'est ma voisine.

Ouaiiiiiis ! C'est bon les gars, j'assure grave ! On va les avoir nos infos sur la fille de Félix !

— Et vous ne savez pas à quelle heure elle rentre ?

— Ah, mais elle ne rentre pas.

— Comment ça, elle ne rentre pas ?

— Elle est en vacances. C'est moi qui m'occupe de ses plantes.

Grand fiasco, le retour !

— Et vous savez quand elle va rentrer ?

— Le 17 août… C'était urgent ?

Tu parles que c'est urgent ! C'est même chaud bouillant, si tu veux mon avis.

— Ben oui, un peu.

— Je suis vraiment désolée pour vous mademoiselle, mais Sylvie ne sera pas là avant cette date, elle est partie en vac...

Y a comme un gyrophare qui s'allume dans ma tête.

— Vous avez dit quoi ?

— Qu'elle est partie en vacances.

— Non mais vous l'avez appelée comment ? Sylvie ?

— Ben oui. Sylvie Legrand, c'est bien elle que vous vouliez voir, non ?

— Ah… en fait, moi je cherchais une Sophie. *Sophie Legrand.* Ben, excusez-moi alors.

— Ce n'est pas grave. Bonne journée !

La reine de la Fausse Piste a le moral dans les chaussettes, (ce qui est pas mal pour une fille en sandalettes), l'estomac dans les talons et (pour couronner le tout) un début d'insolation. Chapeau, l'enquêtrice !

Chapitre 11

Restaurant *Al Capone*

On a beau chercher un autre QG, à chaque fois qu'on entre chez *Al Capone*, ça nous prend aux tripes. À mon avis, on n'ira jamais bien loin. Et puis y a que là qu'on nous parle comme à des gosses sans que ça nous fasse grincer des dents. Quand Irina nous sert une bière avec son air «Voilà vos verres de lait mes petits », ça donnerait presque envie de sucer son pouce en matant Gulli. J'sais pas, c'est comme une odeur qui ne nous quitte jamais, ça renvoie direct à une époque où on était juste bien.

— Allô ? La Terre ?

À croire que Youri aussi est retourné en enfance, avec son expression toute naze. Il me balance un gros coup de coude et je m'affale sur le zinc comme si c'était l'heure de la fermeture.

— Ouais ben c'est bon, je réfléchis. C'est interdit ça, de réfléchir ?

— Je préférerais que tu penses tout haut, Tom Tom. Ça ferait avancer l'enquête.

Tom Tom... C'est ça... Bientôt je sens qu'on va s'échanger des cartes et parler points de vie.

— Ça me fait flipper tout ça. Les croix gammées, les « WP ». J'sais pas si on a raison de fouiller dans leurs affaires, Youri.

— C'est clair. Mais je vois pas comment on pourrait faire autrement. C'est pas les flics qui vont se casser la tête à chercher une piste. Un clodo. Tu parles. Ça vote pas. Ça paye pas de P-V. Ça sert à rien, tu vois. Ils ont débarqué au 180 genre « on va sauver le monde avec nos gants en latex », mais y aura plus rien après, tu verras.

— N'empêche que les flics, on leur aurait bouffé dans la main quand on s'est fait choper par le taré des assurances[7]. Heureusement qu'ils étaient là ! Bref… On n'a pas le choix mais va falloir se la jouer finement. Rester loin de ces fous pleins de haine. Et éviter de jouer aux super-héros.

— Ouais. On pourrait commencer par discuter

7. Dans *Roulette russe* 1, celui qui a enlevé Emma était assureur.

avec Kevin. Il a l'air de connaître ces mecs-là mais lui, il est clean. Enfin au niveau croix gammées. Faut juste tomber un jour où il est pas trop dans les vapes. À mon avis, avec un billet de vingt en main, y a moyen d'avoir des infos discretos.

— O.K., on commence par ça. Et pour la fille de Félix, faut en parler à Flora. Elle sait peut-être quelque chose. Sinon, franchement, à mon avis c'est mort.

Youri se plonge dans sa bière et moi je pense à Sophie Legrand. Je m'imagine à sa place, les hauts talons en moins. Je me vois tranquille, dans ma petite vie construite brique après brique, le tout en équilibre solide, avec mes enfants et mon mari, dans un appart bien rangé. C'est comme ça que je la vois, Sophie Legrand. Rangée. Les cheveux brillants retenus par une large barrette en cuir. Le dos bien droit. Avec son père caché sous des tonnes d'oubli.

Et puis d'un coup, j'aperçois deux mecs débarquant dans tout ça en donnant un gros coup de pompe dans les bibelots en cristal. Le bruit du verre qui casse. Un genre de ralenti. Tous les morceaux par terre. Le mari qui nous regarde sans comprendre. Un grand silence.

Les enfants qui ont peur. Et moi. Sophie Legrand. Convaincue que l'oubli est indestructible. Résistant encore une fraction de seconde à ce qui va arriver. Et coulant finalement dans le passé, entraînée tout au fond par deux types qui se croient justiciers.

J'avale une gorgée de bière. Lourde comme le ciel avant l'orage.

Je dis :

—Youri, tu crois qu'on a le droit de faire ça ?

Chapitre 12

Rues de La Baule

Sans savoir pourquoi, je me dirige vers le front de mer. Y aura peut-être des sandwichs par là. Et puis c'est tout près du quartier résidentiel, juste derrière les grands immeubles.

J'ai les pieds en compote mais un panini à la main. Ça console. J'avale une dernière bouchée et direction le 14 de l'allée des Albatros. Chez Hubert et Sophie Legrand. Je la repère de loin la jolie maison des Legrand. Elle est là, au milieu des pins, avec ses volets vert bouteille et ses grandes baies vitrées. Elle a un petit air chicos qui me paraît drôlement bien aller avec la tirade de Félix, l'autre soir, chez Flora.

Cette fois, j'espère que je vais avoir plus de chance ! Juste au moment où je pose le pied sur le trottoir, le petit portillon claque et je me retrouve pratiquement nez à nez avec une jeune femme brune. Panique. Je baisse la tête comme si j'avais quelque chose à me reprocher. J'ai juste eu le temps d'apercevoir ses yeux bleu océan (pas mal quand on habite au bord de l'Atlantique !)

C'est elle, j'en suis sûre et certaine. Je me retourne pour vérifier et je la vois qui tourne déjà au bout de la rue. Pourquoi elle taille comme ça ? Elle veut me semer ou quoi !

Je m'élance avec mon sac qui me bat dans le dos. Au bout de la rue, elle est là, qui continue à trotter sur ses talons hauts. Je ralentis, pas la peine de me faire repérer.

J'ai ma vitesse de croisière, avec quatre bons mètres entre nous, quand tout à coup, elle disparaît sur la droite. J'accélère, je tourne au coin de la rue et je stoppe net. Elle attend devant un grand portail. Je me baisse en faisant semblant de rattacher ma sandalette et j'entends l'interphone qui grésille.

— Bonjour ! Je viens chercher Eléonore.

Le portail s'ouvre après un clic et je vois Sophie Legrand disparaître derrière un grand mur.

L'escalade, c'est mon fort, et justement il y a un pin qui n'attend que moi à l'angle du mur. En deux minutes, j'ai une vue plongeante sur le jardin et sur une petite fille à couettes qui me regarde avec de gros yeux ronds. Je me fige, comme la proie devant le cobra.

— Eléonore ! Ta maman est arrivée, ma chérie !

La voix vient de la terrasse.

Je regarde Eléonore, sans pouvoir articuler, et je pose un doigt sur ma bouche, comme l'avait fait quelques mois plus tôt celui qui est peut-être son grand-père. « Chhhut ! »

)

Chapitre 13

Olga me tend un verre de jus de raisin.

— Bois, Youyou. C'est bon pour ce que t'as.

— O.K., mais j'ai quoi ?

— Pour l'instant rien mais ça va pas tarder. Bois, j'te dis. Fais confiance à ta sœur.

— Du jus de raisin ? J'ai besoin de jus de raisin ?

— C'est du Vosne-Romanée 2005. J'ai pris ça dans la cave du père. Bois.

— Mais ça va pas, Olga, t'es gaga. Une bouteille de vin de la cave de Papa ? Alors que c'est ni tes vingt ans, ni mon bac, ni la naissance de ton premier enfant...

Je dis ça et là, je panique. Je lève les yeux. Ma sœur, en larmes.

— Youri, je suis enceinte.

— Hein ? Enceinte, tu veux dire d'un... bébé ?

— Oui tonton Youyou, pas d'un poulpe.

— Mais vous venez de vous séparer Marco et toi, non ?

— Justement, faut que je l'appelle. Je vais lui dire, il a le droit de savoir.

— Euh oui, en effet. Putain, le choc ! Les parents sont pas au courant j'imagine ?

— Non, et tu vas rien leur dire. Marco d'abord, les parents après.

On reste là à se siffler la bouteille qui coûte un demi-bras.

— Très bon ton jus de raisin, Olga. On trinque alors ?

— Y a que toi pour penser que c'est une bonne nouvelle. Allez, on trinque.

— À toi, à Marco, au poulpe, que tu le gardes ou pas.

— À l'Amour !

Olga pose son verre.

— Faut qu'on mange un truc avec ça. Je vais voir s'il reste du saumon d'hier.

Elle se lève, j'arrive pas à penser qu'elle attend un bébé. Un truc de dingue, mes parents vont flipper à fond. Je me perds un peu dans mes pensées, je vais loin, je finis avec le bébé sur mon skate et moi qui lui apprends les bases.

Une phrase me sort de ce rêve d'oncle :

— Au fait Youri, Emma a appelé. Elle a dit qu'elle revient ce soir. Elle vous rejoint chez Capone.

Je balance en vrac :

— Ah bon, mais quand, elle arrive à quelle heure, qu'est-ce qu'elle a dit exactement, elle arrive toute seule ou avec l'autre con, elle a laissé un message perso pour moi, je suis bien comme ça, je mets quel tee-shirt à ton avis, elle avait quelle voix ?

Olga me regarde débiter ma tirade brouillon, l'air accablé.

— Tu me colles la nausée Youri.

— La nausée, c'est pas de ma faute beauté, je dis en matant son ventre.

— Tais-toi Tonton. Allez, vas-y, tu vas la louper.

Un bisou sur son front et je file.

Tomaso et Irina discutent au bar.

— Ah Youri, te voilà. Tu bois quelque chose ?

— De l'eau fraîche, Irina, s'il te plaît. Juste de l'eau.

— On fait le point ? On voit où on en est ?

— O.K., Tom. J'ai réfléchi à ce que tu as dit hier. Et oui, je crois qu'on a le droit de chercher Sophie. Le reste, c'est leurs histoires de famille.

Mais une fille a le droit de savoir que son père est raide-presque-crevé à l'hosto.

Tomaso reste pensif. Je crois que c'est mon « raide-presque-crevé » qui passe pas.

— Enfin j'veux dire, il va s'en sortir, t'en fais pas.

— Non, non. C'est pas ça. Je pensais juste à Flora. C'est pas normal qu'elle ne repasse pas plus souvent chez elle depuis le tabassage de Félix. Elle répond pas au téléphone.

— Ouais, bizarre. On va pas pouvoir enquêter sur tous les fronts non plus. On verra demain. Elle reviendra peut-être. En attendant, faudra se passer d'elle !

— Hum…

— Bon, Tom. J'ai fait la liste des Sophie Legrand et des S. Legrand. Il y en a plein en France. Franchement, il l'aurait appelée Léontine ou Prospérine, on galèrerait moins.

Irina éclate de son grand rire russe, ce qui fait rire Tomaso. Les voir rire me fait bien marrer et on finit par se fendre la poire à trois, avachis sur le bar.

Ça fait du bien. On devrait pas avoir un fou rire au milieu de notre drame. C'est nerveux je pense. Ou contagieux.

C'est Tomaso qui revient à la charge.

— On la reprend ta liste, Youri. Allez, au boulot !

— Déjà à Paris, il y en a vingt-sept. Et puis en France, ça fait plus de deux cents. Deux cents enquêtes.

— L'enfer ! Bon, on en a pour environ six mois à temps plein là.

— On se fait la première maintenant ? Perdons pas trop de temps ! C'est parti ! Sophie Legrand. 193 boulevard du Roi. Versailles.

Tomaso prend son portable. Je lui dicte le numéro de la « peut-être fille de notre Félix ».

Une voix derrière nous. *Sa* voix.

— Raccroche, Tom. C'est pas elle.

On se retourne vers la porte d'entrée d'*Al Capone*.

Emma se tient là, près de la porte. Elle dégouline sur la moquette.

— Il fait pas beau chez vous les mecs. La pluie comme comité d'accueil, j'avais rêvé mieux.

Je regarde Tomaso, plus très envie de jouer à « Qui sera le premier à la prendre dans ses bras ? »

Donc je le regarde, lui. Mon pote. Mon pote de la vie sans Emma. Faut rester solidaires. Il me fait son clin d'œil de rital, mon préféré. Ça veut dire : « Mon pote, ça y est, elle est là. Restons calmes. Faisons comme si on s'en foutait. Après tout, on a morflé. Faut qu'elle souffre un peu à son tour. »

73

Ça veut dire tout ça le clin d'œil de Tom.

Et pourtant, on est déjà debout tous les deux.

On marche déjà vers la petite.

On l'entoure déjà de nos grands bras ; elle est déjà toute perdue entre nous, au chaud.

On a déjà les larmes aux yeux.

— Emma. C'est toi ?

— Non, c'est mon hologramme, ducon. Ben oui, c'est moi. Qui tu veux que ce soit ?

Les filles, franchement, des fois ça manque de romantisme.

Emma s'écarte du nid douillet où on la retenait prisonnière.

— Je suis là depuis un moment. Votre liste là, c'est dépassé. Je l'ai la bonne Sophie. Et c'est pas gagné.

On est sous le choc. Elle revient. Elle a enquêté sans nous. Elle a Sophie.

Tom et moi, muets, sonnés.

On la suit des yeux notre immense minuscule. Elle fonce derrière le bar, s'accroche à Irina et la serre dans ses bras :

— Irrrina, tu m'as trop manqué !

Elle se retourne et nous assomme :

— Vous aussi, vous m'avez manqué. Tous les deux. La vie sans vous, ça ressemble à rien.

Et la vie sans toi Emma, si tu savais…

Ça fait combien de temps ? Deux semaines ? Un mois ? Combien de temps que j'suis là à crever dans un lit blanc, comme une princesse ?

Les hommes comme moi faut les laisser finir dans la rue. C'est pas cette mort-là qu'on a choisie. On n'a pas choisi de mourir propre. Moi j'veux m'étouffer dans mon vomi. Crever de froid avec les doigts qui tombent. C'est comme ça que je rends mes comptes.

Sophie, ma toute jolie. Je l'ai bien foutue en l'air, ton enfance. Faut que je paye, tu comprends. Faut pas qu'on me nourrisse à la p'tite cuillère et qu'on me change mes couches. Faut qu'on me laisse sur le bitume. Comme un chien. Sinon j'arriverai jamais à me faire pardonner.

J'ai même plus mal, comme si j'avais éponge deux litres de gros rouge. Je sens plus rien. Je sais même pas s'il fait chaud ou froid dans cette chambre en plastoque.

Quand t'étais rien qu'une petite boule posée sur mon ventre, je te chantais des chansons. Je caressais tes cheveux fins et tu dormais sur moi comme si j'étais tout juste bon à être un matelas. C'était facile d'être ton père. Mais j'arrive plus à voir ton sourire. Foutue mémoire. Y a tout qui part en lambeau. J'ai l'impression d'être un vieux mouchoir qu'on a laissé traîner dans la flotte. Ça se déchire de partout. Ça fait des bouts qui collent au siphon pour pas partir. Et puis ça part quand même.

J'espère que tu trouveras ma lettre. Qu'au moins mon fric serve à quelque chose. Qu'au moins on me laisse une occasion de t'expliquer.

Ça effacera rien.

Ça bouchera juste un peu tes fissures.

Chapitre 14

Restaurant *Al Capone*

Emma ne nous a rien raconté. Ni ce qu'elle faisait là-bas, ni pourquoi elle est partie. Encore moins comment. Ce qui signifie : je n'ai plus besoin de gardes du corps, je m'en vais et je reviens si je veux, je vous laisse et je vous reprends, sans donner d'explications.

T'as raison Emma, ça marche mieux comme ça, pas de pression, pas de mélange des genres. Ton petit numéro « Irina tu m'as trop manqué » ça nous remet en place. Premièrement, solidarité féminine. Deuxièmement, tes deux potes de toujours. Troisièmement, chacun sa merde. Ça trace une ligne entre le 180 et ailleurs. Tu l'as pas volée, ta vie rien qu'à toi, après toutes ces années à étouffer entre Youri et moi. Je vais te parler de Margot, à la soirée du Batofar, pour que tu saches que moi aussi j'ai franchi une étape. J'en rajouterai même. Je m'inventerai une première fois. Parce que faudrait pas que tu penses qu'on n'évolue pas, Youri et moi. Faudrait pas que tu te sentes prise au piège. Ça pourrait t'empêcher de revenir, le jour où tu repartiras.

— Je vous passe les détails, on s'en fout. En tout cas, elle est sous le choc, Sophie Legrand. Je me mets à sa place, ça doit pas être facile à digérer d'apprendre que son mystérieux père disparu est devenu clodo dans la cour d'un immeuble.

— T'es sûre que c'est elle ?

— Carrément. Quand elle était petite elle vivait ici avec ses parents. Son père s'appelle Félix, sa mère l'a quitté il y a vingt ans, elle ne l'a jamais revu. Et puis elle m'a donné ça.

Emma me tend une photo froissée. Le genre qui a été portée dans une poche pendant toute une enfance.

— Naaan, c'est trop zarbi de voir Félix comme ça !

Dans le creux de mes mains, Félix sourit avec sa fille dans les bras. Il est super sapé. Costard et cravate qui vont bien. Mèche maîtrisée au-dessus du front. Heureux. Fier. Méconnaissable.

— Il était quoi ? VRP ? Un truc comme ça ?

— Pas VRP mon Tomi, carrément P-DG.

— J'y crois pas. C'est hallucinant !

Youri me prend la photo des mains et la met sous une lampe.

— L'hallu totale ouais ! Qu'est-ce qui lui est arrivé au P-DG ? Elle t'a raconté, Sophie ?

— Non, en fait elle en sait rien. D'après ce que lui a dit sa mère, Félix s'est mis à boire. Mais elle ne lui pas expliqué pourquoi. Du coup Sophie pense que c'est une histoire de maîtresse, un truc du genre. Peut-être un enfant caché. Enfin tu vois le bordel. Bref, elle l'a quitté, elle a embarqué sa fille dans l'Ouest avec interdiction de les retrouver et a laissé Félix en plan sur le bitume.

J'ai l'impression de tout visionner en accéléré. Félix en costard version « papa heureux ». La maîtresse qui se pointe, style secrétaire trop maquillée. Les rendez-vous dans un hôtel, le gosse pas prévu, le chantage, Félix qui s'accroche à la bouteille, la chute vertigineuse jusqu'au trottoir et la petite famille qui vole en éclats.

— Waouh ! Hard !

— Bon, faut bien ça pour devenir clodo.

— Très drôle, Youri.

— O.K. Emma, on fait quoi, elle vient le voir ou pas ?

— Non, pas pour l'instant. Elle m'a écoutée jusqu'au bout et m'a parlé de son enfance, c'est déjà beaucoup. Je vous dis, ça va pas être facile. Je crois qu'elle avait super envie de revoir son père un jour mais elle ne s'attendait carrément pas à ça.

— Alors en attendant qu'elle avale l'info, on se concentre sur les fachos.

— Quels fachos ?

— Y a des inscriptions un peu partout sur les murs en ce moment, des croix gammées, des « WP » pour « White Power »...

— Et aussi « Shlag », ça voudrait dire « clodo ». C'est un type que je connais qui a fait la traduction.

— Sauf que ça n'a peut-être rien à voir avec Félix, « shlag » ça veut aussi dire « coup », ou un truc du genre en allemand, nous dit Emma.

— Dans le doute, Youri et moi on a décidé d'aller lui parler. C'est pas un mec trop chelou. Enfin pas violent en tout cas. Y a moyen d'avoir des infos sur les fachos qui traînent dans le coin. Histoire de voir si ça serait pas eux qui auraient bousillé Félix.

— *Capito*. Je vous laisse le plaisir de traîner à

la gare. J'crois pas que la présence d'une fille soit vraiment indispensable dans ce secteur !

— C'est clair. On y va sans toi et on te racontera. Tu t'occupes de Flora ? On n'arrive pas à la voir, elle rentre jamais chez elle, elle répond pas aux coups de fil... je crois que ça l'a super secouée, tout ça. Ça nous inquiète un peu.

— O.K. boss.

— *Well done*, John.

Je sens comme un trop-plein. J'ai l'impression d'être un de ces jouets à bascule qui se remplissent d'eau jusqu'à pencher en avant, se vider et tout recommencer.

Il faut que je reformate. Félix, l'hosto, Emma qui part et revient, Sophie Legrand, les fachos... Ma mémoire est pleine. Saturée.

J'attrape le verre de Youri et je lui verse sur la tête. La flotte glisse sur ses joues et vient s'échouer dans sa chemise. Il me regarde un moment sans bouger et finalement me balance ma bière en pleine figure. On s'affale l'un sur l'autre en se marrant comme des cons avec des bruits de phoque. Emma reste loin de nous. Attend qu'on ait fini notre petit numéro. Emma. Revenue, mais si lointaine maintenant.

Chapitre 15

2e étage, appartement d'Emma, bâtiment B

— Alors ma puce, raconte-moi, c'était comment ces quelques jours avec tes potes musiciens chez tata Catherine ?

Voilà comment mon père m'a accueillie au petit déj, le lendemain matin. Raconte-moi… Qu'est-ce que tu veux que je te raconte Papa ? Les yeux qui ne s'attardent pas sur moi, les sourires complices qui n'arrivent jamais, les mains qui n'ont jamais faim de ma peau ? Les étreintes rapides quand lui a envie… ou plutôt besoin ? Ta petite fille romantique qui s'est fait avoir ? Son premier amour qui ne ressemble pas à ses rêves ? Faut dire qu'avec mes deux Roméo à domicile depuis mes premiers pas, j'ai pas été préparée à être traitée comme un vieux torchon…

Au lieu de ça, je réponds un lyrique :

— Ça va. C'était sympa.

— Mais comment ça se fait que vous êtes rentrés plus tôt ?

— C'est moi qui suis rentrée, Papa.

Et je rajoute en riant :

—Tu comprends, le soleil, la mer, la musique à tous les coins de rue… à force, c'est carrément relou !

Je dois pas être très crédible parce que mon père me demande en fronçant les sourcils :

—T'es sûre que tout va bien, Emma ?

— Oui, oui Papa. C'est bon. T'inquiète, je réponds en plongeant la tête dans mon bol.

Une heure plus tard, je suis calée dans les branches de mon arbre. Peinarde. À l'abri. J'ai une vue plongeante sur l'atelier de Flora et c'est vrai qu'il a comme un petit air d'abandon. Une toile en chantier attend sur un chevalet avec, juste à côté, des tubes toujours ouverts et des pinceaux pas rincés. Ça, ça ne ressemble pas à Flora.

J'attrape mon portable et je compose son numéro.

— Ouais, c'est Emma… Désolée de te pourrir ta messagerie Flora, mais les garçons et moi on s'inquiète. Tout va bien ? T'es où là ? Tu veux pas nous laisser un p'tit message s'il te plaît ?

Je raccroche en soupirant. Je suis un peu à court de pistes… À moins que… Je sais que ça se fait pas d'entrer chez les gens quand ils n'y sont pas, mais ça fait trois jours qu'on est sans nouvelles maintenant. Et si c'est la seule façon de trouver un truc, tant pis, je vais quand même m'inviter chez Flora !

Heureusement, en plein mois de juillet, c'est un peu « désertland » ici. Je peux escalader à l'abri des regards. Ceux qui ne sont pas en vacances sont, comme mon père, partis au boulot.

Mes jambes me démangent déjà. Direction le petit vasistas de l'atelier de Flora. Je descends de branche en branche, jusqu'à être tout près du toit de la verrière. Un petit amorti en douceur, un coup d'œil dans la cour. Rien ne bouge, parfait. J'avance jusqu'au vasistas entrouvert. Pas bien compliqué de débloquer le mécanisme qui le maintient entrebâillé. Je me faufile dans le petit espace, en me félicitant de n'avoir pas abusé des cornets vanille-coco-barbapapa !

Ça y est, je suis dans l'atelier. Rapide tour des lieux, je soulève des papiers, j'ouvre des tiroirs, mais rien. Rien qui ne me permette d'en savoir un peu plus sur l'endroit où a pu aller Flora, ni sur les raisons qui l'ont poussée à partir.

Et puis d'un coup, je me souviens qu'elle laisse toujours un double des clefs de son appart accroché derrière son grand miroir. Aujourd'hui, la chance me sourit : le trousseau est là, sagement rangé à sa place. Je le prends et je déverrouille la porte de l'atelier qui débouche dans l'entrée du bâtiment B.

Trois minutes plus tard, je suis chez Flora. Ça fait bizarre d'être là sans elle. La dernière fois que j'y ai mis les pieds, c'était justement le soir où Félix m'a prise pour sa fille.

Sur la grande table, devant moi, il y a un tas comme ma mère fait quand elle a des papiers urgents à régler. Je m'approche et je m'attaque à la pile. Une facture, un prospectus pour un magasin de bricolage, une autre facture, une photo... Bizarre, une photo au milieu de tout ça. Je m'approche de la fenêtre pour mieux voir. Il y a une jeune fille, dans les vingt ans je dirais. Mais c'est surtout le type qui la tient par le cou qui attire mon regard. Il a le crâne rasé, un sourire carnassier, une façon de tenir sa belle un peu trop propriétaire et, surtout, une croix gammée sur le bras. J'ai pas vu tout de suite que c'était ça, mais maintenant, je le reconnais bien son tatouage qui me fait froid dans le dos.

Je comprends pas ce que Flora fait avec la photo d'un couple pareil chez elle. Et brusquement mes yeux s'écarquillent. La fille sur la photo, même si elle a des cheveux longs et moins de petites rides au coin des yeux, c'est elle ! C'est Flora, tête contre tête avec un facho !

Chapitre 16

La gare

— Sérieux Youri, c'était pas indispensable le couteau.

— T'inquiète, c'est juste une p'tite séquence nostalgie[8].

— T'as beau être mon pote, t'es vraiment con. Bon, tu le laisses bien planqué dans ton calbute en tout cas.

— Ouaip, bien au chaud chez maman, comme le reste !

On marche dans les couloirs de la gare. L'odeur de pisse nous prend à la gorge. Parfois je me dis que c'est dingue ce que l'homme peut produire comme puanteur. Dans tous les sens du terme.

8. Voir *Roulette russe* 1

L'idée, c'est de retrouver Kevin. De le faire parler de ses potes les fachos. Et de voir s'il est au courant d'une chasse au clodo. Pour la suite, on verra. C'est pas le pauvre couteau de cuisine de Youri qui va nous transformer en GI non plus.

Entre les voyageurs se traînent des pauvres types que l'alcool a rendus à moitié humains. Je pense à Félix, coincé sur son lit d'hôpital. Dans quel camp il est maintenant ? Sans son litron de rouge, propre, gisant dans des draps blancs comme neige. Est-ce que c'est seulement un sursis ? Est-ce qu'on va le rebalancer dans la cour du 180 dès qu'il sera en état de marcher ? Genre « merci d'être passé chez nous, c'était sympa de pouvoir vous laver, à la prochaine » ?

Je revois cette photo que nous a montrée Emma. À croire que trente ans, dans une vie, ça ne représente rien. On est quelqu'un, on se croit tiré d'affaire. Et puis on plonge, comme ça. On bascule. Je jette un œil aux types assis là, dans les couloirs, et je vois Félix en chacun d'eux.

Cet homme, là, qui baisse la tête comme s'il n'y avait plus rien à espérer, qui était-il ? Est-ce qu'il a déjà porté une cravate ? Un uniforme ?

Est-ce que quelqu'un a quelque part une photo de lui en costard ?

— Hé Youri, tu sais à quoi je pense là ?

— Tu veux dire, à quoi tu penses à part à ta p'tite maman chérie, le puceau ?

— T'es relou. Tu nous ferais pas un petit AVC[9] discret, toi, en ce moment ?

— Ouais, bon, vas-y, balance tes pensées intimes.

— C'est la première fois que je réalise que tous ces gens qui traînent dans la rue sont dans le même univers que nous.

— Waouh ! Puissant !

— Tu vois, j'sais pas, jusqu'à maintenant j'avais comme l'impression de deux mondes. De deux réalités qui ne se croisent pas. Comme si on était protégés de tout ça, obligatoirement. Un peu comme dans ces films où les fantômes vivent parmi nous sans qu'on les voie. Comme si on partageait les mêmes endroits mais chacun à sa façon, sans aucune communication.

— Tu flippes de passer du côté obscur de la force, Obi-Wan ?

— Ouais, bon, ça va, t'es pas sortable quand t'as oublié ton cerveau à côté de ton pieu.

— Tiens, regarde qui voilà à gauche, notre bon vieux Kevin, tout frais et dispo.

9. Accident vasculaire cérébral.

Voilà, c'est ça qui me manque depuis qu'Emma a coupé le cordon. Le droit aux pensées profondes. Le droit aux sentiments. Le truc impossible entre mecs. Comme si ça allait nous couper les couilles.

— Salut Kevin, mon pote, ça roule ?

— Ouaaais, salut bande de bourgeois ! Vous faites quoi dans c'te zone ?

— On te cherchait. Tu le crois ça ?

— Naaan vous avez enfin goûté à la blanche ?

— On vient pas pour ça. T'as cinq minutes ? Y a un endroit où on peut parler tranquilles ?

— Ben... ça dépend. C'est pas gratuit les p'tites gâteries.

Youri sort un billet. Il approche sa main fermée de Kevin qui récupère le fric comme s'il avait fait ça des milliers de fois. J'hallucine de voir Youri aussi à l'aise devant ce type. C'est presque flippant.

Kevin marche loin devant et nous, on suit, comme si de rien n'était. Jusqu'au quai 19.

— C'est chez moi ici, au 19. C'est comme ça qu'on a réparti la gare. Bon, accouche, Ruskof.

— Tu vois toujours tes potes aux crânes rasés ?

— Ouais, j'évite, mais ouais. Ils payent bien la came.

— Tu sais s'il y a eu de la baston ces jours-ci ?

— Hé ! Me dites pas que vous voulez voir leur rasage de près, vous faites pas le poids.

— Non, on veut juste savoir, c'est tout.

— Non, pas de baston. C'est calme. Pourquoi ?

— Si c'est toi qui poses des questions, va falloir sortir le blé, Kevin.

— J'm'en tape en fait. Hé ! visez un peu qui s'amène, les bourgeois. Il est pas grand le hasard ?

On se retourne et on voit une bande de cinq skinheads[10] qui nous matent. L'un d'eux fait un signe à Kevin.

— On s'tire, Youri, je chuchote.

— O.K., c'est cool, merci Kevin, faut qu'on y aille. On repassera un de ces quatre.

— Quand vous voulez, les gars. Et pour la blanche, vous savez où me trouver, hein ?

On se met à marcher en essayant de rester zen. Les fachos nous fixent comme s'ils allaient nous bouffer. Youri serre le couteau sous son blouson. Au moment où on passe près d'eux,

10. « Jeune dont le crâne rasé sert d'expression à une mode violente et agressive d'inspiration militaire ». (Larousse)

j'aperçois quelque chose sur la tête du plus balèze. Pas de doute, ce bonnet je le reconnaîtrais entre mille. C'est celui que ma mère m'avait acheté et que j'ai filé à Félix un soir de janvier. Un bonnet avec écrit « *winter* » en lettres argentées. Le genre de cadeau qui vous marque la rétine.

Chapitre 17

Je reste figée devant ma découverte. J'en crois pas mes yeux...

Je reviens vers le tas de papiers, je pose la photo loin de moi, comme si elle allait me brûler, et je continue à fouiller. Je tombe sur un article que je n'avais pas vu dans la pile. Un vieux bout de journal découpé. Je regarde la date, 5 juin 1990, ça date pas d'hier. C'est juste une brève qui dit que des membres du GUD, une organisation étudiante d'extrême droite apparemment, ont été arrêtés la veille. Ils sont soupçonnés d'avoir participé à une « opération de nettoyage » dans leur université. Un étudiant français d'origine maghrébine a été tabassé. Il est à l'hôpital, plongé dans le coma.

Je frissonne, j'ai comme l'impression d'une répétition générale de ce qui s'est passé dans notre cour, il y a quelques jours.

Le journaliste raconte que le principal suspect est interrogé par la police. Pascal Tardy, surnommé « Le Pitbull », précise encore l'auteur du papier. « Le Pitbull »… Le genre de petit surnom tendre comme on les aime…

Cassons-nous d'ici ! Je veux plus toucher à ces trucs. Je glisse la photo dans ma poche, je remets le reste en place sur la table de Flora et je sors de l'appartement.

— Bonjour Emma !

Mon cœur saute direct dans mes amygdales. Le flip ! Du coup, j'en ai lâché les clefs de Flora qui sont étalées sur le paillasson… Prise la main dans le sac. Mais quelle naze de ne pas avoir jeté un coup d'œil dans l'entrée avant de sortir !

— C'est toi qui arroses les plantes de notre artiste alors ?

Vive les mémés qui vous fabriquent elles-mêmes un alibi ! Je me retourne avec un grand sourire :

— C'est ça madame Robert. Les plantes.

Bon, faudrait peut-être te calmer et développer un peu plus si tu veux pas avoir l'air louche, Emma.

— Elle m'a donné ses clefs ! je rajoute en agitant le trousseau devant mon nez.

Mme Robert habite dans le bâtiment A, mais elle s'ennuie tellement depuis le nouveau départ de son vadrouilleur de fils qu'elle passe son temps à la recherche d'un locataire. Pas de bol, aujourd'hui c'est moi !

Julien Robert a pris la direction de l'Asie cette fois. Tout le monde le sait : on ne rate aucune des étapes de son périple grâce aux cartes postales qu'il envoie à sa maman. Elle est marrante Mme Robert quand elle nous court après, avec sa photo cartonnée du Taj Mahal et les quelques mots de Julien derrière.

Elle est marrante, sauf que là, j'ai pas envie de me marrer.

— Alors comme ça, continue Mme Robert, Flora est partie chez sa mère ?

Ah ! tiens ? Voilà ce que Flora a inventé pour faire taire les questions de la voisine apparemment… Comme j'en sais encore moins qu'elle sur l'endroit où s'est enfuie notre artiste, je ne réponds rien, je fais juste un petit sourire.

En même temps, dans ma tête, c'est séquence nostalgie. Le projo se met en route tout seul et je revois les images. C'était l'époque où Youri voulait plus rien foutre à l'école. Flora avait réussi à lui remettre du plomb dans la cervelle, en lui racontant une histoire où il était question de sa maman à elle qui était morte dans un bête accident de la route, juste l'année du bac de sa fille.

J'avais jamais eu le détail de la conversation, mais visiblement Flora avait trouvé les mots justes cet après-midi-là. Et effectivement, il n'y avait pas de maman. Bingo mémé !

Tu ferais une fine enquêtrice ! Je pourrais causer de toi à Youyou pour que tu rejoignes notre équipe. On ferait des débriefings devant des tartes aux pommes, en sirotant du thé. Ça nous changerait de chez Capone !

— J'ai pas arrêté d'y penser depuis son départ, poursuit Mme Robert. Et c'est quand même bizarre parce que je ne me souvenais pas que Flora avait encore sa maman...

En plus de l'option « cheveux violets », y a pas l'option « bouton off » sur ma voisine ? je me dis en quittant mon petit cinoche personnel.

— Sa mère, non, vraiment ça ne me dit rien... Mais un frère, oui, ça je m'en souviens. Il était même venu une fois ici, au 180, je me rappelle...

C'est reparti. Moulin à parole, séquence deux !

— Un grand garçon blond avec des taches de rousseur. Même que j'avais été toute étonnée quand il m'avait dit ce qu'il faisait. « Paléonto » quelque chose, enfin ceux qui soignent les pieds quoi... « Quand on est bel homme comme vous, c'est du gâchis ! » je lui avais dit.

Là, je me retiens d'éclater de rire :

— Mais non Madame Robert, les paléonto-logues, ils soignent rien. Y a plus rien à soigner chez les dinos !

— Ah, c'est pour ça qu'il m'avait invitée à venir le voir au Muséum d'histoire naturelle ! J'avais pas compris...

Madame Robert, je ne te le dis pas mais là, tout de suite, maintenant, avec la piste du muséum que tu viens de m'offrir sur un plateau, je te nomme officiellement détective suppléante en chef !

Chapitre 18

Bout du quai 19, gare

Tom et moi, on trace. Je baisse la tête, j'avoue, j'en mène pas large. Moi, des types comme ça, ça me fait flipper : « cheveux courts, idées courtes » comme dit mon père, « des cons de nazis ».

On croise une fille pas mal, je vois mon Tom qui se déboîte les cervicales sur son passage...

— C'est pas le moment de faire le joli... avance Tomaso, avance.

— Sois pas parano Youyou, ils sont loin derrière. On va pas raser les murs pour les rasés...

Je rigole. En douce, mais je rigole. Pas raser les murs pour ces rasés.

Je fais le sérieux :

— Si c'est les mêmes qui ont tabassé Félix,

excuse, mais je suis pas détendu. Alors avance.

Tom me regarde du coin de l'œil en souriant discretos. Il se fout officiellement de moi, là.

Des fois, lui et moi, c'est bien simple, on dirait un vieux couple. Les mêmes vannes, les mêmes engueulades, depuis des siècles.

On atteint le bout du quai 19, les marches de l'escalier attendent qu'on les piétine. On y est.

Dehors, loin de cette gare qui pue. Dehors, ça veut dire aussi l'air libre, les pieds sur nos skates. Avec tout ça, le Cat Killer[11] et Félix à terre, ça fait longtemps que Tom et moi on s'est pas fait une après-midi à glisser sur les rampes au Troca.

— Tom, tu crois qu'on pourrait...

Je le vois devenir blanc-gris.

— Courir, oui, je crois qu'on pourrait courir ! Fonce, les voilà !

On dirait que les affolés de la matraque ont décidé de se faire deux minus.

On n'a jamais couru aussi vite, Tom et moi !

Le bruit des bottes.

Le bruit de leurs bottes qui se rapprochent. On fait pas le poids.

11. Voir *Roulette russe* 1.

Et puis, pas loin de la sortie de la gare, je sens une main sur mon épaule.

Tom est déjà loin, je crie mais c'est trop tard.

L'autre me colle au mur. Son pote me tient par le bras.

Je tremble, je ferme les yeux, je veux pas voir ça. Autant dormir, me laisser faire. Ne pas lutter.

Toute une vie pour finir par crever dans une gare, le long d'un mur plein de pisse.

Chouette fin, Youri.

— Vous venez d'où ton pote et toi ? Kevin dit que t'es russe ?

— Hein ? T'es un sale Ruskof de mes deux ? Et qui t'a dit que t'avais le droit de chasser sur mes terres ?

— Ho ! petit, tu réponds ? Vous aimez ça, il paraît, les shlags ?

— Je... je... on... on...

Ça l'énerve, mon petit poème.

— Ta gueule !

Et là, je sens une lame sur ma gorge.

Putain, Tom, tu fais quoi ? Fais demi-tour, viens me chercher. Ce con va me planter.

Il se colle, nez contre nez, front contre front,

un vrai taureau, je sens son haleine, mélange de bière, de clope et d'insultes racistes.

Il regarde son pote, éclate de rire et me sort, en lâchant le couteau :

— T'as pas perdu quelque chose, bébé ?

Par terre, mon couteau qui brille, je peux me voir dedans.

Ils repartent en se marrant comme des bêtes. Animaux à poil ras.

— Le quai 19, tu le sauras, c'est pas la crèche, O.K. ? Et choisis mieux tes potes.

Je souffle, je ramasse le couteau et je sors.

La phrase de ce naze en tête : « Choisis mieux tes potes. »

Ça m'a semblé des heures, ça a plutôt duré trois minutes, je vois Tom qui accourt en panique :

— Qu'est-ce que tu foutais, Youri ? J'étais devant, je me retourne : plus personne !

— J'ai croisé deux potes.

— T'as une drôle de couleur, mec. J'ai loupé un truc ?

Sonnerie de portable.

Olga.

Des larmes.

« Viens tout de suite, Youri.

Besoin de toi.

Vite. »

Tomaso insiste :

— Youri ? J'ai loupé un truc ? Ils t'ont rattrapé ?

— Ouais. Pas grave.

— C'est de ma faute. J'aurais pas dû filer comme un lapin de garenne.

— C'est pas d'ta faute. C'est des nuls ces mecs. Nés pour emmerder le monde. Bon, on bouge ? Olga a pas l'air bien, là.

— Je viens avec toi. Je te lâche plus.

On repart vers le 180.

Rue d'Aligny. La grande descente.

Sur nos skates, mais tout doucement. On fait des grandes boucles.

Mes jambes me portent plus.

En passant près de l'école de danse, Margot. La belle Margot du Batofar, avec des copines.

— Salut les gars. Salut Tom. On allait boire un coup. Vous venez avec nous ?

Tom me regarde avec ses yeux qui disent un truc du genre : « Je margoterais bien un coup, moi. »

Je dis :

— Non, pas moi, je vais retrouver ma sœur.
Il dit :
— Non, pas nous, on va retrouver sa sœur.

J'ai très bien choisi mes potes.
J'ai choisi le meilleur.

Je dois pas être mort finalement. On n'entend pas des voix au loin quand on est mort, non ? Ou alors je suis en train de partir, comme ils racontent ceux qui en sont revenus.

Je comprends rien. Je sais pas où je suis. C'est quoi ces bips-bips ? Cet espèce de souffle à côté de moi ?

Et puis je me souviens. La sirène, la main de Flora.

Je suis à l'hosto, c'est ça. C'est les appareils que j'entends.

Je dois être dans un sale état pour qu'il y ait toutes ces machines autour de moi.

Et Flora… T'es où Flora ? Elle est où ta main qui m'apaise et qui me rassure ?

Flora ma douce.

Je comprends pas pourquoi t'es comme ça.

J'ai jamais connu ça, moi.

Faut pas que je pense… Pas que je pense à avant. Ça fait trop mal.

Toute une vie à bosser comme un dingue pour lui offrir tout ce qu'elle voulait. Et tout ça pour quoi ? Pour être traité plus mal qu'un chien le jour où tout

tout ce pognon m'a explosé à la gueule. Ah ! ça, elle me l'a fait payer mon changement de vie !

J'ai mal à la tête, faut que j'arrête de penser.

Plus penser à cette vie où je dormais pas sur un banc.

Où le fric coulait à flots.

Où je suis pas fier de ce que j'ai fait.

Chapitre 19

Cour du 180

— On imprime nos marques, tu crois, dans les lieux où on vit ?

— Hein ? Mais qu'est-ce que tu racontes, Youyou ? Ça va ? Me dis pas qu'ils ont frappé sur ton seul neurone en état de marche, les fachos ?

— Tomaso, une fois, une seule fois, prends-moi au sérieux. Fais semblant sinon...

— Ouais, bon, si tu veux, je te dois bien ça après tout... j'aurais dû faire demi-tour plus tôt à la gare... alors, c'est quoi le délire ? On se fait un peu de philo ?

— Dis-moi si tu penses que les lieux, genre ici tu vois – la cour, le 180, les murs, le banc de Félix, l'arbre d'Emma – c'est juste des « endroits », c'est juste une putain de cour, un putain de banc, un putain d'arbre, des putains de murs ou bien tu crois que...

Il me coupe :

— Non Youri, bien sûr que non, ils nous matent, ils ont des petits yeux cachés, et tu les entends pas, mais moi j'le sais, ils nous parlent. La nuit, depuis la loge de ma mère, je les entends...

Tom laisse un temps mort, attend ma réaction. J'en ai pas alors il éclate de rire. Il se fout de moi, quoi !

— Foutu rital, tiens ! J'essaye de dire une pensée profonde, là...

Je fais un pas dans la cour. Des fois, en passant là, je vois, comme si c'était incrusté à jamais dans la pierre, des tas de souvenirs de nous. Nous petits avec Emma, nous et notre agence de détectives semi-professionnels, la guirlande de chats[12], le tournage du film à Noël et puis Félix nageant dans son sang. Des fois ça me porte, des fois ça m'écrase, ces images. Tant pis, je garde ça pour moi puisque Tom refuse ma minute existentielle.

On marche tous les deux en direction de l'escalier. Je suis derrière lui, je rêvasse, je commence à me demander dans quel état je vais

12. Voir *Roulette russe* 1.

trouver ma sœur. Tom s'arrête sur la cinquième marche, se retourne et me dit calmement :

— Comme un musée de souvenirs, un peu ?

Oui, Tomaso, comme un musée de souvenirs, voilà. Je dis rien. Il enchaîne :

— Ça reste entre nous Youyou, mais je peux plus passer devant cet escalier sans entendre à nouveau le cri d'Emma[13]. Les lieux, c'est pas que des lieux. T'as raison. Et à chaque fois, j'ai peur de trouver encore un chat crevé dans le local à vélos.

— Pareil.

Finalement, je suis pas tout seul avec mes idées zarbi.

Nous y voilà. La porte de l'appart. Pas de cris de l'autre côté, pas de sanglots. J'entre, Tomaso reste sur le paillasson.

C'est ma mère que je vois en premier, la tête dans les bras, sur la table de la cuisine. Le daron, derrière elle, un verre de vodka à la main.

Tomaso me glisse à l'oreille :

— Je reste pas au spectacle, tu m'en veux pas ? Je vais voir si Emma traîne chez Capone, on se retrouve là-bas plus tard ?

Et il file.

13. Voir *Roulette russe* 1.

— Salut les parents ! C'est pas la grande forme, on dirait ?

Faire comme si je savais rien, *nada*, *nothing*, ça peut être la solution.

— On est en forme comme des vieux « relous ». C'est ce qu'on est, il paraît, me sort ma mère, ses petits yeux noyés.

— Je capte pas, M'man. Tu dis quoi ?

Mon père prend le relais :

— C'est ta sœur. Elle attend un bébé. On a oublié de sauter de joie et d'inviter les voisins pour fêter ça. Alors on est devenus des vieux « relous ». D'un coup.

Là, j'hésite : continuer à jouer au gars qui sait rien ou être honnête.

Pas le temps de peser le pour et le contre : un « Ah ! ça y est, vous savez... » m'échappe.

— Parce qu'évidemment, toi, tu savais ? me dit ma mère, avec la voix qui s'étrangle.

— Hum... Bon, c'est pas si grave. Si ?

— Si.

Je peux rien répondre à ça. Je les laisse digérer l'info et je fonce vers la chambre d'Olga.

J'entends ma mère murmurer : « Grand-mère à quarante-trois ans, merde ! » sur le ton de « Ma vie est fichue, on va tous crever ».

Avec Olga, petits, on appelait ça « sa voix slave ». Le ton grave, posé, avec une légère intonation tragique. Ça nous faisait mourir de rire. Irina l'imite bien. Il y a eu un mémorable « 6/20 en maths, mais qu'est-ce que tu vas devenir, Youri ? » et le non moins célèbre « *Al Capone*, pour un restaurant russe ? » qui voulait dire : « Nos ancêtres vont se retourner dans leur tombe, mais fais ce que tu veux. »

Ce soir, j'ai moins envie de me marrer en fait. Sale ambiance à la *datcha*[14].

Je laisse Maman à son gros drame et je frappe chez Olga.

— Entre, frérot. T'es arrivé vite...

— Ma sœur en danger, j'accours !

— En danger, faut pas pousser. Ils se sont calmés les deux ?

— Très calmes. C'est même un silence de mort là-bas.

— C'était dur, j'ai eu droit à...

— La voix slave ? Oui, moi aussi !

Olga se met à l'imiter : « Un enfant, à même pas vingt ans ? Tu fiches ta vie en l'airrr... » On éclate de rire tous les deux. Je m'allonge sur son lit et je vois le verre posé sur sa table de nuit.

14. Maison secondaire en russe.

— Vodka ? je demande.

— Limonade. J'ai une vie, là, alors finies les conneries Youyou ! elle dit en montrant son bide.

Je comprends.

— Tu le gardes ?

— Oui.

Je réfléchis un peu, je ne sais pas encore si je suis heureux ou pas.

Drôle de nouvelle quand même. Pas mal de changements à la clef. Olga doit avoir pigé que j'ai besoin de temps. Elle me colle un de ses écouteurs dans l'oreille gauche, elle garde l'autre : *Here comes the sun* des Beatles. Je plonge dans mes pensées…

Je la regarde, la petite Olga qui ne pensait qu'à se coiffer y a pas si longtemps… Elle fredonne en yaourt, jamais elle sera capable de retenir les paroles d'une chanson. Elle me fait son clin d'œil qui veut tout dire. Je lâche un sourire et je chante avec les Beatles « … *and I say it's all right.* »

I say it's all right[15], Olga.

Je serai là.

15. « Je dis que tout va bien ».

Chapitre 20

Restaurant *Al Capone*

Un peu de douceur dans tout ça. J'ai comme une envie de replonger en arrière. De revenir à l'époque des couettes et des cerises sur les oreilles. Je pousse la porte de Capone, pas besoin de chercher des heures, c'est ici l'endroit parfait pour le flash-back.

Dans la pénombre du restaurant encore vide, je ferme les yeux et je respire fort. Le coup des odeurs, moi, ça me le fait à fond. Mon père dit que je sens des trucs que personne ne sent. Une odeur de jasmin dans un plat, de poivre dans son parfum, celle de ma mère rien qu'en ouvrant les portes de son placard, alors que ça fait deux mois qu'elle est partie... Je détecte même quelqu'un qui a mangé de l'ail trois jours plus tôt !

Capone : un mélange de poussière, de détergent pour le sol qui pique un peu le nez, une pointe d'oignon et le parfum d'Irina par dessus tout ça.

— Bonjourrr ma belle !

Ah, la voix d'Irina… Irina qui a fait si souvent office de maman numéro deux. À chaque fois que la mienne partait sur un autre continent pour suivre l'actualité du moment, Irina était là pour entendre mes confidences. Elle prenait son rôle très à cœur :

— C'est des histoirrres de filles ! Ouste ! Du balai les garçons !

Youri et Tomaso n'essayaient même pas de discuter. Ils attrapaient leur skate avec un soupir sonore et ils nous laissaient toutes les deux en tête-à-tête.

Est-ce que ça marche encore tout ça, quand on vient de fêter ses seize ans ?

— Ça n'a pas l'air d'aller bien forrrt ma chérrrie… ça fait un moment que je te regarde et je me dis : « y a un trrruc ! »

Ouais, ça marche encore faut croire. Mais on commence par quoi dans ces cas-là ? Je réfléchis pas des heures parce que sinon rien ne viendra.

Je sors tout en vrac, à Irina de faire le tri. Flora enlacée avec un facho, moi aimantée par un gros naze, le tatouage sur le bras, les yeux qui m'évitent, elle qui a fui, moi qui me suis sauvée…

— Tu vois Irina, ça me désespère un peu tout ça. C'est obligé de partir en live un premier amour ? On est obligé de se tromper pour le premier ? Ça va mieux après ? Ou c'est la même chose tout la vie ? Et pourquoi quand quelqu'un a quelqu'un dans la peau, c'est pas forcément réciproque ? Pourquoi c'est le feu d'artifice et ensuite la douche glacée ? C'est toujours comme ça ? C'est toujours pas comme on voudrait, pas comme on a envie, pas comme on a rêvé ? C'est des histoires qu'on nous raconte, qu'on nous fait croire depuis toujours, c'est ça ? Hein ? C'est ça, tu crois ?

Je m'arrête à bout de souffle, à cause d'une grosse boule qui vient se coincer pile dans ma gorge. J'ose pas relever les yeux, j'ai peur qu'ils débordent.

— Aaaaaah ! l'amouuurrr, Irina a chuchoté, avec des airs de tragédienne dans la voix.

C'est le moment que choisit Tomaso pour pousser la porte.

— Qu'est-ce qui se passe ici ? Vous veillez un mort ou quoi ?

Je bouge pas de mon tabouret, version « hérisson roulé en boule ».

— Je vais nous préparer un petit rrremontant. Je crrrois que ça s'impose !

— Eh ! Mais qu'est ce qui se passe ? Vous me faites flipper grave, là ? Vous avez eu des nouvelles de Félix, c'est ça ?

— Non non, pas de nouvelles de Félix, t'inquiète !

Les seuls mots que j'arrive à articuler. Tomaso est dans mon dos en vingt-cinq centièmes de secondes.

— Ça va Emma ?

Je sais pas pourquoi, je me retourne et je me jette dans ses bras. Il reste là, avec les deux mains qui pendent comme deux trucs qui servent à rien. Et il le fait. Une petite bulle autour de moi avec ses bras qui me serrent fort.

Ma tête glisse dans son cou, mes narines s'ouvrent grand.

Ça y est. Elle est là, je la sens.

L'odeur. Le mélange de couettes, de carambars et de sparadraps sur les genoux.

Chapitre 21

Restaurant *Al Capone*

Y a des hasards dans la vie, c'est ouf ! À croire qu'on fait partie d'un bouquin plein de chapitres, que nos vies sont construites phrase après phrase. À croire que le seul choix qu'on ait c'est de tourner les pages plus ou moins vite. Jusqu'à ce qu'on atteigne le mot de la fin.

Je rentre chez Capone, *Too insistent* de The Do à fond dans le crâne, « ...*why don't you let me go, why don't you let me go...* », et je me retrouve avec Emma dans les bras. Ses cheveux qui caressent mes joues. Son nez planté dans mon cou. Mon doigt appuie sur *off* sans que je lui demande quoi que ce soit. Fin de la musique. Retour à la réalité. Y a des hasards dans la vie.

Je suis là, comme un doudou, enlacé, reniflé,

je ne pose pas de question. Je ferme les yeux pour que ce moment paraisse encore plus long. Et pourtant... Emma... je sais que tu dois partir. Mais raconte-moi une dernière histoire. Ensuite, promis, je ne me relève plus et je dors comme un grand.

— Je suis allée chez Flora.

Grand saut dans l'action. Fin brutale de la séquence nostalgie.

— Comment t'as fait ?

— On s'en fout de ça. Regarde.

Elle sort une photo de sa poche. J'ai l'impression de basculer un jour en arrière. Sauf qu'aujourd'hui, c'est pas Félix version P-DG impeccable qui tient la pause, mais une de ces ordures aux crânes rasés. Tenant une nana par le cou, comme un trophée.

— C'est Flora. Avec un facho. J'ai trouvé ça dans son bordel.

— Flora ?

J'approche la photo de mes yeux encore un peu humides après le coup du doudou.

— Ouais, t'as raison, c'est clairement Flora. Qu'est-ce qu'elle fout avec ce nazi ?

— Une erreur de jeunesse, j'imagine. Mais ça

pourrait expliquer qu'elle se soit planquée. Ça a forcément un lien avec Félix.

—T'as des pistes pour la retrouver ?

— Ouais. Une grosse piste bien grasse, même. Je pense qu'elle est chez son frère. Info spéciale subtilisée à Mme Robert. Et vous, à la gare, ça a donné quoi ?

— On s'est tapé une petite course poursuite. Histoire de voir la mort de près. Youri a même tâté du facho. Mais on a du neuf. Un des mecs de la bande portait le bonnet que j'ai filé à Félix.

— Bon, j'crois que c'est clair alors. On fait quoi ? Flora d'abord, les flics ensuite ?

— Faut attendre Youri. On décide rien sans lui. Sauf que là, je crois qu'il est pas en état. Olga a besoin de lui. J'sais pas trop ce qui se passe, ça a l'air plutôt grave. Vaut mieux attendre demain.

On embrasse Irina en cuisine et on quitte le Capone. Il fait déjà nuit.

Dehors, Emma ne dit pas un mot. Ma main frôle la sienne pendant que nous marchons. Nous laissons nos corps se parler en silence. Nos yeux frôlent le bitume. Arrivés au 180, j'accompagne Emma jusqu'au bâtiment B.

Ensuite elle disparaît dans les escaliers et la lumière s'éteint. Allez Tom, c'était la dernière histoire, tu m'avais promis. Maintenant, au lit.

Chapitre 22

Muséum d'histoire naturelle

— Bonjour ! On voudrait voir M. Merlot, s'il vous plaît ?

— Qui ça ?

Apparemment, c'est pas avec la caissière du muséum qu'on va obtenir nos infos !

— M. Merlot, un paléontologue qui travaille ici, je précise.

— Mais non, Emma ! Il est podologue, rappelle-toi ! souffle Youri par-dessus mon épaule en se marrant.

Je peux pas m'empêcher d'éclater de rire. Tomaso aussi se fend la poire. Ils sont trop cons, je les adore.

— Arrêtez ! Déjà que ça va pas être facile, je chuchote en me retournant.

— Bon, qu'est-ce que vous voulez exactement ? s'impatiente la caissière. Parce qu'ici c'est pas le bureau des renseignements. Vous achetez des places pour la visite ou pas ?

— On fait quoi ?

— Prends des places ! dit Youri. Maintenant qu'on est là, on va faire un tour et, avec un peu de chance, on va peut-être le croiser le frangin.

— Ouais, c'est ça Youyou ! Le premier qui voit un grand blond avec des taches de rousseur a gagné !

— Te fous pas de ma gueule, Tom Tom !

— Eh ! Oh ! Tom et Jerry ! Stop ! Y a pas la caméra là, vous pouvez arrêter de vous friter !

Le coup des vieux surnoms de nos cinq ans, d'habitude, ça les calme. Bingo !

— On commence par où ? Les squelettes de girafes et de dinos ?

— Non, on grimpe !

Youri s'est déjà élancé dans le grand escalier.

— Là-haut, y a une salle qui me fait trop kiffer. On y allait tout le temps quand j'étais petit. Y a des animaux disparus. Ça nous foutait à moitié les jetons avec Olga, mais on adorait ça.

On le suit, deux mètres plus bas. Dans l'escalier,

avec Tomaso, on se refait un petit coup de « le dos de ma main touche le dos de ta main, mais c'est pas fait exprès et, de toute façon, j'ai rien senti ».

J'ai envie de sourire, je me sens bien avec ces deux-là.

Youri est déjà en haut et il nous regarde monter avec ses yeux lasers.

— Vous foutez quoi ? On y va ou quoi ?

— Cool *man,* tout roule, répond Tomaso.

— Ouais, cool *men,* je leur dis en passant mes bras autour de leur cou.

Comme avant, ils me refont le coup des béquilles vivantes et on rentre dans la salle sans que mes pieds touchent le sol.

— Z'avez vu ça ! fait Youri en me reposant à terre.

C'est vrai que c'est impressionnant. La salle est sombre, boiseries, parquets et, derrière des vitrines éclairées, des animaux figés pour l'éternité. Un lion de Barbarie et sa lionne, un vautour, un genre de lémurien...

— Je commence à avancer mais Tomaso me retient par le bras.

— Matez ça... C'est pas Flora là-bas, à côté de la grande tortue ?

— J'y crois pas ! Elle est là. Mme Robert m'a vraiment filé une info première classe !

— Qu'est-ce qu'on fait ? demande Youri. Elle a l'air un peu flippée, non ?

C'est vrai que Flora n'est pas comme d'habitude. On dirait qu'elle parle toute seule ; elle tord ses mains dans tous les sens.

— Tu veux pas aller la voir d'abord Emma ? Et on te rejoint ensuite, pour pas qu'elle s'affole ?

J'avance, l'air de rien, comme si j'étais une visiteuse de plus. Flora ne bouge plus du tout. Elle est plantée devant l'oryx. Elle continue à parler toute seule.

— Mon pauvre vieux, toi et moi, on est dans la même galère... Avec mes conneries, moi aussi je vais bientôt être en voie d'extinction ! Tu vois, le problème pour toi comme pour moi, c'est qu'on peut pas revenir en arrière. Quand c'est fait, c'est fait ! Ton prédateur à toi, c'est l'homme. Comme moi. Sauf que moi, c'est ma faute. C'est moi qui l'ai mis dans mon lit, mon prédateur. J'étais trop jeune, j'ai pas senti l'odeur de soufre qui se dégageait de lui et, quand ça m'a suffoquée, prise à la gorge, c'était trop tard. Lui, il m'avait dans la peau. Et maintenant qu'il m'a retrouvée, il ne va plus me lâcher...

J'entends comme un sanglot étouffé.

— Flora, ça va pas se passer comme ça, je dis tout doucement.

Elle se retourne comme si elle venait de prendre une décharge électrique.

— Ah ! c'est toi Emma. Tu m'as foutu une de ces trouilles !

— T'inquiète pas Flora, tout va bien.

— Qu'est-ce que tu fais là ? elle s'affole. Comment t'as fait pour me retrouver ? Tu savais pour mon frère ? T'es sûre que personne t'a suivie ? T'as pas vu un type avec le crâne rasé derrière toi ? T'es sûre, Emma ? Hein, t'es sûre ?

Youri et Tomaso arrivent déjà.

— Ça va Flora ? Faut pas flipper, va. On sait qui a fait le coup pour Félix, on va aller voir les flics. Tout va s'arranger maintenant.

— Non, tout ne va pas s'arranger. Vous êtes adorables mais vous ne savez pas tout.

— Tu veux parler du Pittbull ? demande Tomaso. T'inquiète, on est aussi au courant et on va tout leur balancer, aux flics. Qu'il te colle aux basks parce que t'as eu la mauvaise idée d'être généreuse avec un clodo. Qu'il veut te faire payer tes « mauvaises fréquentations ». Viens avec nous Flora, si tu veux, tu leur raconteras toi aussi.

La panique dans ses yeux.

— Non, non. Je reste ici. Mon frère s'occupe de moi. Je veux pas partir. Je reste ici.

— Ça va aller, t'es sûre ? je demande. Tu veux qu'on t'appelle en sortant du commissariat ?

— Oui, je veux bien, c'est gentil.

Elle passe la main sur son visage comme pour balayer la peur, le passage à tabac de Félix, la traque, l'angoisse. Je me mets sur la pointe des pieds pour l'embrasser, Youri lui serre l'épaule et Tomaso lui frotte le dos.

— À tout à l'heure Flora.

— Attendez… Vous avez vu Félix ? J'appelle tous les jours mais je suis pas passée le voir depuis l'après-midi où…

— On l'a vu, ouais, répond Tomaso avec une drôle de voix grave. C'est stationnaire pour l'instant. Il s'est pas encore réveillé.

Plus personne ne dit rien. J'ai comme l'impression qu'on vient de se téléporter tous les quatre dans la chambre 123, service traumato de l'hôpital.

— Bon, allez, on taille !

C'est Youri qui nous sort de ce cauchemar en Technicolor.

— À plus Flora !

On redescend l'escalier sans rien dire. Encore secoués par ce qu'on vient de voir.

— C'est con, avec tout ça, j'ai pas pu montrer ma verrue, moi !

Je regarde Youri sans comprendre.

— Ben oui, on l'a raté notre copain le podologue !

C'est la blague la plus nulle de l'Univers mais faut croire qu'on avait besoin de ça. Relâcher la pression, comme si on venait de se taper un enterrement. Quand on sort du muséum, on est toujours en train de glousser, tous les trois comme des débiles, en se tenant les côtes.

Chapitre 23

Commissariat de la rue Georges Perec

Peinture jaune moutarde. Vitres douteuses. Murs crados. Odeur de pisse.

Me voilà poète. C'est ce bâtiment qui m'inspire. Plus moche t'en crèves. Une affiche déchirée sur la porte d'entrée : « Ici, dans quelques mois, le Commissariat du Futur ». Avec une maquette de ce qui nous attend. Un vaisseau, un truc hypermoderne style film de science-fiction, on nous promet des caméras de vidéosurveillance partout dans la ville, des locaux flambant neufs. Le futur, c'est pas pour tout de suite. Là, on nage dans le réel.

J'attends. Je pense. Emma et Tomaso sont passés à la boulange chercher des chouquettes. On se refait un trip « j'ai dix ans » ; les cinq cents

grammes de chouquettes, c'était sacré en CM2.
J'attends. Je pense. Un flic à l'air souriant…
« pour un flic », dirait mon père qui se méfie
toujours, mauvais souvenir de ses premiers mois
en France. Bref, ce flic me tend un flyer.

Je me marre.

— C'est pour un concert ? C'est quoi ? Du
rock policier ?

Le type sourit, je suis bien tombé.

—T'es un petit marrant, toi. Du rock policier…
non. C'est de la pub pour le recrutement. On
manque de jeunes dans la police.

— Pas pour moi, désolé. C'est ce que je trouve
de plus percutant à répondre à mon nouveau pote.

Je crève de lui dire que les enquêtes, je les fais
déjà, qu'on l'a pas attendu pour chercher les
salauds qui…, le taré qui… et puis les fachos
qui… Je dis rien.

Emma court vers moi et ça, c'est plutôt pas
dégueu à regarder. Trop mignonne de loin, elle
s'approche, trop belle de près, des perles de
sucre au coin de la bouche.

— Chouquette ?

Je regarde ma montre : 14 h 32.

— Ouais, 14 h 32, c'est l'heure de la chouquette. Aboule !

On s'assoit sur le trottoir, Tom nous rejoint et on se fait le meilleur pique-nique depuis longtemps.

Le flic tente une approche en tendant sa pub pour la police à Emma :

— Un avenir ?

— Une chouquette ? elle lui balance.

— Une bande de petits marrants... Qu'est-ce que vous venez faire là ? Une plainte à déposer ?

— Nan. On vient pour livrer nos conclusions.

— À propos de... ?

— À propos de l'agression dont notre ami Félix Anselme a été victime, annonce Tomaso, comme s'il avait répété sa phrase toute la nuit.

— On sait qui a fait le coup. On sait pourquoi.

— Suivez-moi.

On obéit, c'est demandé gentiment. Emma s'essuie vite fait la bouche.

— Une détective privée avec du sucre de chouquette au coin des lèvres, ça craint ! je lui dis.

Mon pote « le-flic-souriant-pour-un-flic » nous fait rentrer dans un box.

Assis tous les trois comme ça, on n'en mène pas large finalement. On a eu des heures plus glorieuses. On attend le grand chef.

— Le commandant Bagnard va vous entendre dans quelques minutes.

Bagnard. Le truc qui s'invente pas. Je me concentre sur des idées tristes (ça manque pas en ce moment) pour pas éclater de rire. Bagnard, quoi ! Ne surtout pas regarder dans la direction de Tomaso, ne pas croiser le regard d'Emma. Ne pas rire, ne pas rire, ne pas rire.

C'est Tom qui démarre, il me sort en douce :

— C'est son vrai nom, tu crois ?

Voilà. Trop tard. C'est le moment où on doit avoir l'air sérieux. C'est le moment où on doit prouver qu'on n'est pas trois petits morveux fans du *Club des Cinq* et qu'on se croit pas dans *Police District*.

C'est le moment. Dans un film, on aurait un ralenti : notre arrivée dans les locaux de la police, des applaudissements, une arrestation rythmée, une fliquette blond platine et de la musique de ouf. À la place, vu qu'on est dans la vraie vie, on étouffe un fou rire avec nos sacs de chouquettes écrasées dans les poches, le flic s'appelle Bagnard et le commissariat sent le moisi. La vie, quoi !

— Alors, les jeunes ? Il paraît que vous avez des infos ?

Le commandant Bagnard n'est pas blond platine. Au casting de ma série, il aurait pas été retenu. « Vous n'avez pas le physique de l'emploi », c'est ce que je lui aurais dit. Petit, dodu, le cheveu rare, Bagnard n'en impose pas. Il s'assoit, propose des cafés, se reprend :

— Suis-je bête… des cafés… à votre âge ! Qu'est-ce que je peux vous proposer ? Une grenadine ?

Il dit ça en regardant ses collègues, son public. Son regard croise les yeux d'Emma. Ça le calme dans son envie de glousser. Souvenirs, souvenirs…

— Je vous reconnais, mademoiselle. C'est bien vous qui, l'année dernière… ?

— Oui, c'est moi. C'est nous[16], le coupe Emma.

Je sens que Tomaso s'impatiente près de moi. Ça bouillonne. Il va dire quelque chose, je le sais.

— On n'est pas venus pour boire un coup.

— Sauf votre respect, j'ajoute.

Tomaso continue :

— On sait qui a tabassé notre ami Félix Anselme. Et on a les preuves.

16. Voir *Roulette russe* 1.

— Ne nous emballons pas, les enfants. Alors, montrez-moi ce que vous avez.

Emma sort ce qu'elle a, la photo de Flora toute jeune avec le facho.

On raconte tout : le passé glauque de Flora, sa rencontre avec Félix qu'elle aide un peu, son ex-copain qui vit tout ça comme une trahison, le quai 19, le bonnet, le couteau, le Muséum d'histoire naturelle.

— Vous pourrez porter plainte contre vos agresseurs, Youri, me dit Bagnard en relisant ses notes.

— Ouais, on verra. Pour l'instant, on pense surtout à Félix.

— C'est la même affaire. Vous devez porter plainte. Bon, les petits, vous avez bien travaillé. Ceci dit, je me dois de vous dire que vous êtes allés trop loin. Vous êtes jeunes, vous vous êtes mis en danger. La police est là pour faire ce travail.

— Ah ouais ? balance Tomaso. Vous avez rien fait du tout. Un clodo au sol, c'est « bon débarras », non ?

— Vous ne savez pas de quoi vous parlez, Tomaso. Alors taisez-vous ! Pour tout vous dire, on avait aussi remonté la piste de l'extrême droite. Ne me faites pas la leçon, jeune homme.

Et nous avons aussi avancé sur une autre voie que vous ignorez.

— Quoi, Sophie ? demande Emma.

Bagnard, ça, ça l'assomme. Le coup de la petite. Le grand coup de maître de ma minuscule.

Elle répète :

— La piste de Sophie, la fille de Félix, c'est ça votre super plan B ? Si vous voulez son numéro, on l'a.

Emma 1-Bagnard 0.

— Bon, bon. Calmons les esprits. J'envoie mes hommes pour l'interpellation des suspects. Vous serez convoqués. Merci à vous. Et la prochaine fois, ne faites pas justice vous-mêmes. C'est amusant de jouer aux cow-boys et aux indiens, mais là, la récré est finie. Compris les enfants ?

— Ta gueule, lance Tomaso.

— Sauf votre respect, j'ajoute.

En sortant, on sait tous les trois qu'on a échappé de près à des poursuites pour injure.

Je dis rien, je regarde mon téléphone, un appel d'Olga. Tomaso a l'air de s'en vouloir un peu...

— J'aurais pas dû dire ça, c'est sorti tout seul. Je suis con. Mais il y allait fort le père Bagnard, non ?

— Très fort. Quel naze ! L'autre était plus cool, dommage qu'il ait appelé son chef. Bon, faut oublier ça. Il reste des miettes de chouquettes, ça vous dit ?

— Et si on filait chez Capone pour noyer la fin de la récré dans un fond de vodka ? je propose.

— C'est parti !

À trois sur deux skates, comme avant.

Direction notre QG, comme avant.

Sur le mur à l'angle de la rue d'Aligny, ces mots, tagués à la peinture noire :

« On a frôlé la vie. »[17]

17. Citation du film *Fight Club* de David Fincher, 1999.

Chapitre 24

Couloir de l'hôpital

C'est propre. C'est blanc un peu vert. Ça sent le désinfectant.

C'est bizarre de penser que c'est la première impression qu'on a du monde. Et la dernière, souvent. Flippant de penser que cet endroit vide nous propulse et ensuite nous attend. Que toute une vie sort et revient par la même porte.

Tout ce blanc. Ces couloirs impeccables. J'arrive plus à cligner des yeux. J'ai les iris qui sèchent. C'est clair, faut que j'arrête ma cure de pensées profondes.

—Tom, tu connais l'histoire du mec qui entre dans un bar ?

— Arrête, Youri, tu fais chier avec ta vanne pourrie.

— Emma, tu la connais ? Sérieux, j'te l'ai déjà racontée ?

Heureusement, Youri est là pour m'éviter de devenir poète. Grâce à lui, je ne m'envole jamais très haut. Sauf quand on abuse chez *Al Capone* et qu'Irina oublie de couper la vodka à la grenadine.

— J'sais pas, j'sais plus, vas-y, fais-toi plaisir.
— Alors c'est un mec, il entre dans un bar. Il dit « salut, c'est moi ! » Et là, tout le monde se retourne et en fait, c'était pas lui.
— Youri, t'es relou, ça fait cinquante-six fois que tu nous la balances en seize ans.
— Ben Emma elle la connaissait pas, tu vois.
— Ouais, c'est ça, elle t'a pas vu de toute ton année de CM1 faut croire.

Je regarde Emma qui fixe l'horizon. Façon de me dire : « Ouais bon ça va, j'avais oublié. »
Chambre 123. Fallait qu'il tombe sur ça. Ce numéro-là. Félix, 1,2,3, partez ! Début de la course vers le grand trou noir. Début de la fin. Grand marathon avec distance aléatoire jusqu'à la ligne d'arrivée. Vite Youri, une vanne, c'est l'heure !

On entre et la vue nous donne un coup dans le ventre. Radical. Plus personne ne fait de commentaire. Félix immobile dans cette marée blanche. Les tuyaux. Les bips. Et le bouquet de fleurs sur la table de chevet.

—Y a peut-être un mot ?

Emma et son côté pratique. Notre boussole. Elle s'avance vers le bouquet. Jette un œil à Félix. Soupire et, finalement, s'agite comme si elle avait gratté un ticket gagnant.

— J'y crois pas !

— C'est quoi ?

— Le mot, matez un peu : « Je serai là quand tu sortiras de ton grand sommeil. On rattrapera le temps perdu, toi et moi. »

— Grave romantique cette Flora. Franchement, vous croyez qu'ils sont seulement amis ces deux-là ? Ça sent la *love story* un peu, non ?

— C'est pas Flora, Tom. C'est signé « S. »

— « S. » ? Waouh ! Félix, bourreau des cœurs.

—T'es con ou quoi ? « S. » comme Sophie, sa fille !

Gros silence. Plus blanc que blanc. On est là, tous les trois, le dos tourné à Félix. À croire qu'on est venus rendre visite aux fleurs. Et c'est là qu'on entend les draps qui bougent. Un râle.

Volte-face, direct. Tous les trois totalement synchro. Manquerait plus qu'une BO bien pleine de violons et de sucre. Mais, à la place, Youri joue les sacs de sable arrimés à notre montgolfière et nous ramène vers le sol.

— Meeerde, Félix se réveille !

Impossible de voir vraiment si les yeux de Félix sont ouverts sous les boursouflures qui lui servent de paupières. Par contre, il bouge, il essaye de parler, il vit. Il tire sur les tuyaux. Il nous dit :

— J'arrive, attendez, partez pas.

Pas de doute. Il revient du pays des presque morts.

Emma fonce dans le couloir et débarque avec une infirmière. Une minute plus tard, on nous demande de dégager. Laissez les professionnels faire leur travail. Laissez-nous le hisser jusqu'à la vie.

— Je sors téléphoner à Flora.

Emma pratique. Emma qui garde la tête sur les épaules. Emma point de repère.

Nous, on se contente de flipper dans le couloir. Chacun son rôle.

—Tu crois que ça y est ? Tu crois qu'il s'en sort ?

— On n'est pas à la télé. Ça s'saurait si j'étais Derek Sheperd, mon pote. C'est pas parce que j'ai la même coiffure que je sais mesurer une intracrânienne.

On se balance comme ça des dialogues de prime time pendant un quart d'heure. Ça nous détend pendant que Félix se bat pour sortir de l'ombre.

Finalement un type s'approche de nous.

— Vous êtes de sa famille ?

Youri et moi on répond : « À mort ! » exactement en même temps. Ouais, sa famille, c'est nous, c'est clair. Même si notre lien de parenté n'est pas super bien défini. On a été les premiers à l'avoir ramassé après son passage à tabac. Nos fringues se sont tachées de la couleur de son sang. On a recollé les morceaux de son histoire. Et on est là, juste à côté de lui, à la seconde même où il sort du coma.

C'est ça, la famille, c'est là où il faut quand il faut. Ça peut aussi s'éclipser en cas de besoin.

Et ça répond d'une seule voix aux questions essentielles.

Chapitre 25

Couloir de l'hôpital

Quand on est tous les trois, il nous arrive tout le temps des trucs guedin. Comme si on était un genre d'entité aux super pouvoirs, un truc comme on en voyait dans les dessins animés quand on était petits. Le héros tout seul ne peut rien, avec ses potes, il est indestructible. 1 + 1 + 1 = 3 puissance 3. Je me demande si ce sera tout le temps comme ça.

En tous cas, le coup de Félix, ça m'a sciée. Il attend pile le moment où on est là, tous les trois à côté de lui, pour passer de l'autre monde à celui des vrais vivants. Peut-être qu'on dégage un truc qui l'a tiré vers nous. Pourtant, on n'en menait pas large dans cette chambre, avec ces machines et ces bruits flippants…

— Emma ?

Je sors direct de mes pensées. J'suis partie loin et vite.

— Bonjour Emma. Je me suis pas trompée d'étage alors ?

Sophie ! Sophie Legrand, là, juste en face de moi.

— Non, non, c'est bien là. Bonjour Sophie !

— Tu l'as vu ?

— Oui, on nous a fait sortir de sa chambre. Il vient juste de se réveiller.

Elle se jette dans mes bras, en me serrant fort. C'est drôle comme dès qu'on a eu peur pour quelqu'un, on a besoin de contact physique. L'été dernier, comme ça, juste après la descente des flics, on avait passé pratiquement une semaine collés, les uns sur les autres, tous les trois. Un coup sur le lit de Youri, un coup dans le canap de Tom, un autre coup sur la branche de mon arbre. Comme si c'était le meilleur remède du monde contre la méga trouille qu'on avait subie.

Sophie se décolle de moi, avec des yeux mouillés.

— Je suis même pas sûre d'être prête…

J'espérais presque qu'il dormirait encore. C'est plus facile de parler à quelqu'un qui vous regarde pas. Et puis je crois que je lui en veux toujours de ne pas avoir donné de nouvelles…

— Je veux pas l'excuser, Sophie, mais je sais qu'il a tout le temps pris des nouvelles. Et puis il a écrit ça pour vous.

Je lui tends la lettre que Flora m'a donnée tout à l'heure, au muséum. Une lettre qui a été baladée, ça se voit. Sophie ne dit plus rien. Je suis là, en face d'elle, la main tendue avec ma pauvre lettre froissée, un peu tachée par endroits.

— Faut la lire. Félix l'avait confiée à quelqu'un pour vous. Au cas où il lui arriverait quelque chose.

— Tu veux bien rester avec moi pendant que je la regarde ?

— Je bouge pas, promis.

Je sais pas ce qu'il a mis dedans notre Félix, je sais pas quels mots il a trouvés. Je sais pas s'il a expliqué, s'il a demandé pardon, mais ce sont plus des yeux mouillés qu'elle a Sophie en lisant. Les chutes du Niagara se sont donné rendez-vous derrière ses paupières et son nez fait un bruit affreux.

Heureusement, j'ai des Kleenex et mes bras sont prêts à l'entourer une deuxième fois.

C'est le moment que choisissent Tomaso et Youri pour rappliquer. Pas besoin qu'ils ouvrent la bouche, je vois les questions dans leurs yeux : « C'est qui ? Mais qu'est-ce que tu fous Emma ? »

— Sophie, je vous présente mes potes, Youri et Tomaso. C'est Tomaso qui a trouvé votre papa. C'est eux qui ont appelé le SAMU.

— C'est vous que je dois remercier alors.

— Tout le plaisir était pour nous, fait Youri. Enfin, façon de parler…

— Vous pouvez aller le voir si vous voulez. Mais faut pas rester longtemps, parce que son retour parmi les vivants l'a épuisé. C'est ce que vient de nous expliquer un interne.

Sophie regarde Tomaso et chuchote presque :

— Je sais pas si je suis prête. Et puis je suis dans un tel état.

— Je voudrais pas avoir l'air déplacé, mais vous êtes vachement mieux que lui.

C'est tout Youri ça ! La bonne grosse blague qui détend l'atmosphère. Et ça marche parce que Sophie sourit.

— En plus, je pense qu'il s'en fout. Et puis je crois qu'il s'est rendormi. Ça crève ce genre d'aller-retour apparemment.

Je repense à nos super pouvoirs. Si on a réussi à faire revenir Félix, on devrait pouvoir arriver à faire ouvrir une porte à sa fille. Je ferme les yeux et, comme quand j'étais petite, je compte dans ma tête. 1… 2… 3… Je les ouvre et je vois Sophie qui marche d'un pas décidé jusqu'à la chambre de son père.

Chapitre 26

Cour du 180

Retour au bercail ; 180, j'écris ton nom. Tu es notre berceau, notre étoile du berger, 180...

— Tom, ça va là, t'as fini la messe ?
— 1... 8... 0... mon nid, mon château, ahhh ! 180, sans toi la vie n'est rieeen... gling gling...
— J'crois qu'on l'a perdu. Lâche l'affaire, Emma.

On entre dans la cour et là, on voit les Rois mages qui nous attendent devant le bâtiment B. Ma mère, le père d'Emma et Vassili, bras croisés, version commando de choc paré à lutter contre la déchéance de la jeunesse.

— 22, v'là les vieux !

— Youri, petit gredin, je t'avais dit de pas manger ta colle Cléopâtre. On est mal.

On rit comme des cons. Peut-être bien qu'on est des cons, finalement. Et peut-être bien qu'on aime ça. Emma, bien placée entre nous deux, nous balance un méchant coup de coude. On avance vers le jury, pas super impressionnés.

— Euh... salut Papa, faut qu'on range nos chambres, c'est ça ?

La phrase de trop. J'explose de rire en crachant un vieux cri de phoque. Youri enchaîne et se tient au banc. Moi j'essuie les larmes qui me piquent le coin des yeux. Le commandant Bagnard et un de ses potes flic débarquent de derrière le chêne. Effet radical renforcé par le « Nan mais ça craint, là ! » d'Emma qui part en éclaireuse jusqu'aux darons, en baissant les yeux pour parer la gueulante.

— On a des choses à vous dire, *ragazzi*.

Ma mère ouvre les hostilités. Ça part mal. Quand elle se met à l'italien, ma mère, j'ai toujours envie de corriger ses erreurs de syntaxe.

Pas sûr que ça soit une bonne idée, là, tout de suite, maintenant. Clair que ça va pas chauffer l'ambiance. J'suis nerveux, un peu. Heureusement, le père d'Emma embraye.

— Le commandant Bagnard nous a dit, pour votre enquête. Il faut vraiment arrêter avec tout ça. Vous allez trop loin. D'abord l'été dernier, avec ce fou de Lestrade[18], et maintenant le groupe de skinheads ! L'année prochaine, ça va être quoi, la lutte contre le terrorisme ?

— Youri, il paraît que tu t'es fait agresser ? coupe son père.

— T'inquiète Papa, on m'a rien fait. C'était juste pour me faire peur.

— Ta mère a failli avoir une attaque quand on nous a raconté ça. Tu crois pas qu'on a assez de soucis avec ta sœur ?

Je mate Youri en coin. Je l'interroge du regard. Il fixe le bitume, pas fier. Fini les vannes. On commence à réaliser la gravité de la chose. Je gratte le sol d'un pied. Youri fouille dans ses poches vides. Emma nous sauve la mise en jouant les porte-parole.

18. Nom du tueur de chats dans *Roulette russe* 1.

— Vous avez raison, on n'aurait pas dû, mais c'est juste qu'on avait l'impression que personne n'en avait rien à faire de Félix.

— Cette fois-ci, ils vous ont juste fait peur, mais la prochaine fois ça pourrait mal se terminer. À seize ans, on ne joue pas les super-héros. Emma, ma chérie, souviens-toi de ce qui s'est passé l'année dernière, bon sang !

— Et puis rassurez-vous les jeunes, clochard ou pas, les enquêtes et la justice, ça vaut pour tout le monde.

Bagnard clôt le débat avec sa phrase pourrie. Puis il sert des papattes, lance un « Sur ce, messieurs, dames... » et disparaît, laissant la cour se couvrir d'un gros silence lourdingue. Youri n'a toujours rien trouvé dans ses poches et les bouts de mes baskets commencent à partir en live. Emma, elle, s'est déjà blottie dans les bras de son père.

Je suis un peu jaloux de ne pas être une fille. Parce que se jeter dans les bras de sa mère, quand on est un mec de seize ans, c'est *no way*. Reste ceux de Youri, qui sont pendus à ses poches et qui servent à rien. Je le regarde en nous imaginant enlacés dans la cour, à côté des darons. Retour à la case départ. Je recommence à me marrer. Un truc puissant. Comme un tsunami impossible à maîtriser. Et presque aussi destructeur. Je ne cherche pas à m'arrêter parce que j'ai besoin de me vider, d'évacuer le trop-plein d'une façon ou d'une autre. Je ris à n'en plus pouvoir. Je me marre comme un condamné à mort qui ne veut pas pleurer. Je délire par terre à côté du chêne, sur le dos, les bras écartés.

Au moment où je reprends ma respiration j'entends :

— Allez, Tom, lève-toi, j'crois qu'il faut prendre tes cachets.

Youri est au-dessus de moi, la main tendue. J'attrape son poignet, me hisse et me retrouve dans ses bras. On reste comme ça, quelques secondes. Et rien ne s'écroule. Rien ne disparaît. Aucun rire en coulisse. Deux potes qui se soutiennent au bout d'une semaine bien lourde. Le truc le plus normal du monde.

—Youri, tu sais, le mec qui entre dans un bar...
— Ouais ?
— En fait, tu t'es gouré pendant dix ans, parce que moi, j'y étais et c'était vraiment lui.

Emma se décolle de son père. Elle vient se serrer contre nous. Vassili propose à boire et les darons font cour nette. Nous on reste en boule, sous le chêne, soudés, indestructibles, trois-en-un. Et c'est là que Youri nous balance :

— J'vais être tonton, les amis. Là va falloir arrêter les conneries.

Chapitre 27

Cour du 180

Mettre un réveil pendant les vacances, ça me tue. Mais bon, c'est pour la bonne cause.

Je déboule dans la cour et je vois Tomaso qui prend le frais sous mon arbre.

— Qu'est-ce que tu fous là ? Il est neuf heures et demie !

— C'est le jour des poubelles je te rappelle. Si je me lève pas ce jour-là, je suis mort.

Je me marre. C'est vrai qu'Helena rigole pas avec ça. « C'est le seul truc qu'on te demande Tomaso, alors tu sors de ton lit pour filer un coup de main, *capito* ? »

— T'as rancard avec Flora, c'est ça ?

— Ouais, elle va pas tarder.

Et là, je l'entends. Le bruit de pas un peu

traînant mais, surtout, le sifflotement. Ce petit air qui me retournait l'estomac, qui me rendait les mains moites et le cœur battant il n'y a pas si longtemps. Je le reconnais tout de suite, là, dans l'entrée du 180, qui se rapproche de nous. « Ce con de Ben », comme dit Youri qui n'a pas peur des pléonasmes.

Je ne réfléchis pas et je saute au cou de Tom.

— Qu'est-ce qui te prend, Emma ? C'est les poubelles qui te mettent dans cet état ?

— Chhhut Tomaso, s'te plaît !

Je sais pas s'il a enfin aperçu mon ex mais, cette fois, il fait exactement ce que je voulais. Il m'entoure avec ses bras. J'ai le nez écrasé dans son cou, je vois rien, mais j'entends parfaitement le sifflotement qui s'arrête net et la porte du bâtiment A qui claque à la volée.

On se détache, un peu gênés. J'articule un « merci » sans le son. Tomaso chuchote :

— Tout le plaisir était pour moi...

On se sourit, comme deux cons, et c'est le coup de Klaxon de Flora qui nous fait revenir ici, maintenant, dans la cour du 180. J'embrasse mon rital préféré sur le bout du nez et je me sauve vers la rue.

— C'est gentil Emma de venir avec moi... C'est un peu bête, je sais que j'ai plus rien à craindre, mais je suis quand même encore stressée.

— Justement, j'ai ça à te rendre, je dis en sortant la photo de la poche de mon short.

Flora jette un œil mais elle ne décolle pas ses mains du volant.

— Tu peux la balancer. Je sais même pas pourquoi j'avais gardé ça, parce qu'elle me fait flipper cette photo. J'étais jeune, j'ai rien compris. Ou peut-être que j'ai pas voulu comprendre, parce que j'étais trop amoureuse... Tu sais Emma, il me voulait tellement, il était tellement jaloux, ça me flattait, je pensais que c'était ça l'amour. Le grand, le beau... Mais quand j'ai pigé qu'il faisait partie de ceux qui avaient « cassé de l'Arabe » à la fac, des sales racistes... C'est comme ça qu'ils disaient, tu te rends compte ! Quand j'ai pigé, je me suis sauvée. Comme maintenant. J'avais peur qu'un jour ça me rattrape...

— Ouais, c'est pas de bol que des années après ils se soient attaqués justement à notre Félix, dans notre cour.

Quelques minutes plus tard, devant la porte

de la chambre 123, Flora n'en mène pas large.

— J'ai la trouille Emma.

Je rêve ou j'ai l'impression de me voir quand je balise avant un rancard amoureux ?

— Ça va aller, t'inquiète pas.

Tout juste seize ans et c'est moi qui rassure… Je repense à Bagnard et aux parents qui veulent qu'on s'occupe de trucs de nos âges. Mais c'est comme ça, on choisit pas toujours, c'est la vie qui décide pour nous.

Je pousse la porte et je vois Félix, noyé dans ses draps blancs, qui nous regarde entrer.

— J'ai les paupières qui me font encore un peu mal, il dit en frottant ses yeux avec sa manche.

Flora n'a pas été tabassée elle, mais visiblement, elle a le même souci d'yeux qui piquent.

Je me transforme en spécialiste florale ; enfin je brasse le bouquet de Sophie dans tous les sens quoi, le temps de les laisser se retrouver tranquillement.

Ensuite Flora remet ça pour Félix. Elle raconte « Le Pitbull ». Son premier amour trouble qui est devenu depuis une sorte de leader et qui s'est fixé comme but ultime de régler son sort à la « lie de la société ». Et qui pendant un repérage de

« déchets à éliminer » retrouve *sa* Flora qui s'occupe d'un clodo.

— Ça l'a rendu fou, tu comprends Félix. Fou parce qu'il n'a jamais pu m'oublier et fou parce qu'il a vu que je prenais soin de toi.

— Vous n'avez plus les mêmes valeurs apparemment ! a fait Félix avec un sourire.

Puis, c'est mon tour. Je reprends les mots de Bagnard : le bonnet de Félix gardé comme un trophée, l'arrestation musclée des skins et de leur chef à la gare, le procès qui va avoir lieu.

— On va t'avoir fatigué avec toutes nos histoires, mon pauvre vieux, soupire Flora en frottant la tête de Félix.

— Partez pas tout de suite… Moi aussi faut que je vous dise quelque chose... Bon, c'est pas facile, hein. Alors me coupez pas, les filles.

C'est comme ça, dans une chambre d'hôpital, que j'apprends ce qui est arrivé à Félix il y a des années.

À la fin de son monologue, je suis pas loin d'avoir les glandes lacrymales prêtes à exploser.

Je vois Flora qui lui prend la main, je vois leurs yeux qui ne se quittent plus.

Ça ne me regarde plus ce qui se passe dans cette chambre alors, tout doucement, je sors et je referme la porte.

Revenu. C'est ça qu'ils disent. Que j'suis revenu. Comme si j'étais parti. Alors que je suis resté là, dans de beaux draps. Attaché à ce lit pendant quoi, une semaine ? Deux ? Ils m'ont pas vu ou quoi ?

Pas parti, non. Pas revenu du coup. Juste en état de marche, comme une bonne vieille bagnole retapée. Ça, c'était pas sûr que ça redémarre. Y suffisait pas de donner des tours de clef vu ce que ces types m'avaient mis dans la tronche.

Y a pas grand chose qui fait plaisir quand on redémarre comme ça. On a juste envie de dormir encore. Parce que ça fait mal, y a tous les coups qui retombent, les yeux impossibles à ouvrir, la tête qui bourdonne, le ventre qui se serre. On se fait tabasser une deuxième fois. La vache, c'que ça peut faire mal de revenir. Faut vraiment qu'la vie ça soit sacré. J'vous l'dis.

Incroyable, ce truc-là. D'un coup, on sait pas pourquoi, on se met à bouger. On dirait que quelqu'un a coupé les sangles, on se libère pour faire n'importe quoi mais surtout pas continuer à mourir. Enfin je sais ce qui m'a libéré, moi. C'est elle. Son mot sur les fleurs que j'ai entendu dans la bouche des gosses. Son « on rattrapera le temps perdu ».

La preuve que j'étais pas parti, hein ! J'étais là pour entendre ça. Et on va le rattraper le temps perdu, ma princesse, même si j'sais pas bien comment on récupère vingt ans sans toi. P't-être même qu'on récupèrera pas. Mais au moins, je pourrai t'expliquer. Ça fera ça de moins à porter au milieu des litrons de rouge.

Faut que tu saches qu'avant j'étais un patron. Le genre costard, chaussures en cuir, agenda chargé. Ça marchait bien dans la boîte, c'étaient les années faciles. Tu t'en souviens peut-être, t'étais déjà grande. Et puis des vautours m'ont dit que pour faire mieux, il fallait dégraisser. Alléger le bateau. Virer une cinquantaine de personnes dont on pouvait se passer. Des emplois superflus. Des poids morts. Et moi, comme un con, je les ai écoutés. J'avais envie d'être encore plus grand. De montrer que Félix Anselme, c'était pas un p'tit joueur. Et j'ai viré tout ce monde-là. Direct, comme ça, avec une jolie p'tite prime pour éviter qu'ils portent plainte ou j'sais pas quoi.
Sauf qu'y a un gars qui a tout perdu dans l'histoire. Sa femme bossait pas. Un de ses trois gosses était handicapé. Pas de famille pour donner un coup de main. Des crédits plein les poches. Et pas assez jeune pour retrouver un boulot. Le type s'est foutu en l'air. Dans la cave de son trois-pièces.

Pendu. Au milieu des vélos et des meubles de la grand-mère, entassés pour plus tard.

Quand j'ai su ça, j'ai pas supporté. Y a eu des manifs. J'ai tout laissé tomber. La boîte, le fric. On a vendu la bagnole, viré la femme de ménage. J'ai un peu picolé parce que j'arrivais pas à effacer de ma tête ce type pendu. Ta mère a tenu six mois. Et puis elle s'est barrée avec un autre qui lui a offert des diamants. Il vous a achetées, toutes les deux, c'est ça la vérité. J'ai pas pu négocier. Un soir, je suis rentré des courses, y avait plus personne. Juste un mot qui disait que si j'essayais de vous retrouver j'aurais les flics aux fesses. Qu'elle se débrouillerait pour m'accuser de trucs dégueulasses et que je finirais en taule.

C'est comme ça, que ça s'est fini. Pas autrement. Et un peu que j'vous ai retrouvées. J'voulais juste être sûr qu'on s'occupait bien de toi. J'suis resté planqué à la sortie de l'école pendant des semaines. Ça m'a donné l'impression d'être un père comme les autres, qui sort plus tôt du boulot pour faire une surprise à sa gamine. Sauf que ma gamine à moi, elle partait avec un autre. Juste parce qu'il avait plus de fric que moi. J'ai pas tenu longtemps comme ça. Ça m'a fait picoler encore plus.

Alors j'ai eu trop peur que tu me voies et j'suis reparti. J'ai commencé à squatter le banc du 180 et à y faire ma vie de clodo. Sans toi, j'avais envie de rien d'autre. Je voulais attendre que ce truc, la vie quoi, ça passe. Je voulais oublier d'exister. Devenir un tas sur un banc. Et si on m'avait demandé mon avis quand j'me suis fait déglinguer, j'aurais bien aimé que ça soit la fin.

Heureusement que j'ai pas eu le choix, finalement.
Parce qu'y aurait pas eu de mot sur les fleurs.
Y aurait pas eu de temps perdu à rattraper. Et on serait morts tous les deux, l'un pour l'autre.

Chapitre 28

Cour du 180

— Alors ma belle, ça y est, c'est le saut du nid ?

Olga pose son carton « Fringues été » en bas des marches de notre bâtiment et colle deux bises rapides sur les bonnes joues de la mère de Tomaso.

— Oui, besoin d'indépendance, elle répond en mettant ses mains sur son ventre.

—Te fatigue pas trop, pense au bébé ! On est tous là pour t'aider. Fais une pause.

Olga s'assoit sur une chaise posée là, entre son bureau acheté en 6e, son miroir de starlette et son vieux tas de poupées.

Helena repart en nous lançant un « J'y vais, faut pas perdre le rythme ! » Et la voilà qui remonte les marches quatre à quatre jusqu'à l'appart.

J'attrape une des pauvres Barbie chauves d'Olga :

— Tu les as fait souffrir ces blondasses, quand même ! Mate ça, cheveux arrachés, un bras en moins, du mascara au marqueur noir…

— Ouais Youyou, t'as raison : un peu sadique la petite Olga !

Je répète tout haut « la petite Olga », en jetant un œil pas discret sur le tas d'enfance posé là, au pied de notre arbre.

— Tu pars vraiment alors ? Tu me laisses tout seul avec les parents ?

— *Yes, bro.* Je me casse, je m'arrache, je me tire, je fous le camp. Indépendance. Liberté.

— Tu vas me manquer, vieille folle, je lui sors. Et puis comme je vois qu'elle est aussi mal à l'aise que moi, j'embraye :

— C'est cool en tout cas que tout le monde soit là pour nous aider...

— Un beau bazar notre 180 ! balance Olga.

Je lève les yeux : la cour du 180 pleine de cartons partout, des gens qui courent dans tous les sens et ma mère, au milieu, qui fait la circulation. Tout à coup, Tomaso à la fenêtre de ma chambre. Il retourne les enceintes côté cour :

— Je vous mets quoi ? Nirvana ? Radiohead ? Du rap ?

Et sans attendre les résultats du vote, il nous envoie du gros son.

— DJ Tomaso aux platines ! crie Emma en se trémoussant près de lui.

— C'est n'importe quoi ici, dit mon père les bras chargés des jupes et des manteaux de ma sœur.

— Et on l'aime ce n'importe quoi, hein Vassili ? lui lance la mère de Tom. Ça nous rappelle notre arrivée ici. Je compte même plus les années.

— Bon, je pose ça où fillette ? il dit, en levant le menton vers Olga. Il est où le camion ? Pas encore arrivé ton Marco ?

Olga rigole, laissant planer un genre de mystère à deux roubles.

— On s'est réconciliés, ça veut pas dire qu'il va me servir de chauffeur...

Tomaso et Emma redescendent, elle sur son dos à lui, drôle de bestiole :

— Repose-moi Tom, arrête ça !

Oui, repose-la, je me dis, repose-la, je préfère.

C'est Félix qui me sort de mon mini trip jaloux. Le revoilà donc, notre Félix qui boitille, notre Félix l'œil encore bien amoché, notre Félix debout. Flora pas loin derrière lui, souriante.

— Salut le 180 !

— Salut Félix ! Alors, ces deux semaines chez Sophie ? C'était comment ? lui demande Emma.

— Comme des retrouvailles, quoi ! il répond en s'asseyant sur son banc. C'était bon. Eléonore m'a... enfin... m'appelle pas encore « Papy », mais ça viendra...

— Allez Papy, viens, on a du boulot ! se marre Flora.

— Alors comme ça, on a deux déménagements aujourd'hui ? dit Helena.

Je repense à ces deux semaines : Félix chez sa fille à la mer, Flora ici en train de faire un peu de place chez elle. « C'est pas ses meubles et sa garde-robe qui vont beaucoup m'encombrer », elle m'a dit hier. Je repense aux derniers temps à l'hosto, Félix qui se remettait debout, petit à petit, nos visites, celles de son avocat pour préparer le procès. Je repense à tout ça, à toute cette merde pour en arriver là : Félix qui va lâcher son banc pour des draps bien chauds, des bras bien chauds. De toute cette merde, finalement, il va sortir du joli, du propre et du doux.

— C'était pas gagné, me glisse Emma à l'oreille, comme si elle lisait dans mes pensées.

— T'as raison, c'était pas gagné.

J'aide mon père à porter les derniers cartons de BD, *Le combat ordinaire* de Manu Larcenet en haut de la pile. On pose vingt ans de lecture près de l'arbre.

— Bon, voilà Olga. Tout est là. Maintenant tu l'appelles ton mec ?

— Ouais, appelle Marco et dis-lui de ramener ses fesses et son camion.

— Pas la peine.

— Quoi pas la peine, quoi ?

— Pas la peine, il est déjà là-haut.

Je pige plus rien, mon père non plus. On se regarde tous les deux, comme deux cons. Je jette un œil à Emma et Tomaso qui n'ont pas l'air de comprendre non plus.

Je me retourne vers Olga. Ça serait pas mal de m'expliquer, je propose. Et puis, derrière elle, Marco-le-papa, celui qui sera le père de mon neveu pour toute la vie. Il se tient là, les mains sur les hanches, la tronche pleine de peinture.

— J'ai fini de repeindre. C'est petit mais on sera bien. Mes potes arrivent pour prendre le relais.

Ma tête doit avoir l'air de dire : « Hein, quoi, rien capté, tu dis quoi ? » Olga éclate de rire :

— Pas mal la surprise, non ? On emménage dans la chambre libre, là-haut. L'ancienne chambre de Ben, quoi !

— Au 180 ? Tu vas vivre au 180 ? répète Emma en boucle.

Et je m'y mets aussi du coup :

— Au 180 ?

— Yep, frérot. Je traverse la cour. Vive le bâtiment A ! C'est pas mal comme envol !

Mon père fronce les sourcils, ça annonce rien de bon en général. Il cherche ses mots, ça se voit.

— Tu savais, Natasha ? Tu savais ?

— Oui, je savais. C'est même moi qui ai eu l'idée si tu veux tout savoir.

Je sais que ça va se finir en *pizza-party* dehors, que le père de Tom ira chercher une bonne bouteille, qu'Irina va se pointer avec des restes de ce midi, que Félix essaiera de ne pas picoler et que Flora prendra des photos... Je sais tout ça. Je le sais mais ce sera une surprise quand même. Olga va avoir un bébé, elle s'installe à côté, Félix va bien, ses plaies se referment. Je sais tout ça. Je m'assois sur le banc, je regarde le 180 finir ce qu'il a à faire : vider les derniers cartons qui traînent, monter les meubles d'Olga dans l'ancienne chambre de l'autre là, Ben.

Je lève les yeux, je vois Emma et Tomaso assis sur la plus haute branche.

— Viens, monte Youri, on t'attendait ! D'ici, tu verras, le 180, ça a de la gueule.

— J'arrive, je vous rejoins.

— Aboule la bière.

Je monte sur notre arbre, je repense à une phrase qu'on répétait souvent avec Olga.

Première branche.

« Quand elle n'est pas hideuse... »

Deuxième branche.

« la vie est... »

Troisième branche.

« magnifique. »[19]

19. *Le Combat ordinaire*, tome 3, Manu Larcenet.

Épilogue

2ᵉ étage, chambre d'Emma, bâtiment B

Demain, c'est la fin des grandes vacances. Ciao l'été et bienvenue les heures de cours ! Le coma de Félix semble presque loin…

Je me suis levée tôt pour profiter de ma dernière journée de liberté. Il fait beau et je grignote une tartine accoudée à ma fenêtre. Le 180 dort encore.

Je lève les yeux. Juste en face de moi, les rideaux violets qu'Olga a accrochés à sa fenêtre. C'est marrant quand même. C'est dans cette chambre qu'a commencé le premier jour du reste de ma vie, comme dans le film qui fait pleurer des bassines de larmes à ma mère[20].

20. *Le premier jour du reste de ta vie*, film de Rémy Bezançon, 2008.

175

C'est dans cette chambre qu'Olga commence une nouvelle vie. C'est dans cette chambre qu'elle va fabriquer son petit demi-Ruskof. C'est ici qu'il va faire ses premiers gazouillis, ses premiers sourires.

Ça me fait drôle de penser à tout ça.

Je regarde notre cour et je me dis qu'on a quand même vécu des trucs de ouf ici. Est-ce qu'un jour il faudra partir ? Ou est-ce qu'on va attendre que les locataires s'en aillent un par un, comme Olga, pour prendre notre envol sans quitter le 180 ?

Je nous imagine tous les trois, avec nos amoureux et nos enfants. Tous les trois en train de reconstruire la cabane dans l'arbre pour abriter leurs premiers jeux. Tous les trois fourrés chez Capone les soirs de blues, devant notre vodka-sans-grenadine.

Je regarde encore la fenêtre aux rideaux violets et je souris. Je replonge direct quelques semaines en arrière, quand la chambre du bâtiment A n'abritait pas encore les amours d'Olga et de son Marco. Ben y emballait ses dernières affaires.

— Tu comprends Emma, entre La Rochelle

et le 180, pour un zikos comme moi, y a pas photo ! C'est ce qu'il m'avait expliqué avec un p'tit air « désolé de te faire du mal petite… »

— Mais j'en ai rien à foutre ! je lui avais répondu.

Et je l'avais planté là, avec ses cartons sous le bras.

L'après-midi même, Youri était passé, il voulait me montrer des images qu'il avait faites avec sa caméra. On était peinards tous les deux, on se marrait bien et, tout à coup, j'ai vu l'autre con qu'était en train de nous mater depuis sa fenêtre.

Youri l'a vu aussi.

— Tu veux qu'on arrange ça ? il m'a dit avec son sourire de gros malin. J'te parie que dans cinq minutes, on entend claquer sa fenêtre.

— Tu crois que je te vois pas venir mon coco ?

— Allez Emma, lâche-toi ! Tu veux qu'il ait les boules ou pas ?

J'ai regardé Youri et je me suis avancée d'un pas. Tout doucement, il a mis ses mains dans mes cheveux et il a baissé sa tête jusqu'à mon visage. J'avais déjà fermé les yeux quand je l'ai entendu chuchoter :

— Opération « désintégrage de gros con » :
3... 2... 1... 0 !

Quand il m'a lâchée, j'ai senti que j'avais les
joues prêtes à prendre feu.

Lui, il avait toujours le même sourire.

Il a tendu les mains vers mon débardeur, il a
fait glisser les bretelles le long de mes bras.

— Youri...

— Chuuut... C'est le coup final !

Il a fait passer son tee-shirt par-dessus sa tête
et il m'a attirée contre lui.

« Blam ! » a fait la fenêtre d'en face en claquant.

Youri m'a fait tomber sur le lit avec lui. On
était toujours l'un contre l'autre. Torses nus et
morts de rire.

— On a gagné ! On a gagné ! On a gagné !

— Ouais ! Et par hasard... t'en aurais pas un
peu profité ?

Il m'a regardé droit dans les yeux. Très sérieux :

— Alors là Emma, tu me connais.
Franchement, c'est pas mon genre !

Grand sourire ça comme et main sur le cœur.

— Franchement.

Fin de la séquence.

Les auteurs remercient Jane pour sa confiance
infinie et ses relectures à la loupe.

Des mêmes auteurs, dans la même série

Noël en Juillet

Série « Roulette russe » n° 1

Quand les cadavres de chats s'accumulent derrière les poubelles... Quand un homme dangereux rôde dans les bâtiments du 180... Trois ados lâchent leurs skates pour mener l'enquête.

Autres ouvrages de Séverine Vidal chez Oskar éditeur

Plus jamais petite

Lucie attend devant la porte de la maison d'arrêt. Elle doit se confronter à son père. Ce père qui n'est plus un père. Ce père qui n'est plus rien pour elle. Bientôt, elle sera libérée de son enfance et de tous ses souvenirs douloureux.

Comme une plume

Bestiole, 14 ans, tient son journal intime. Elle y raconte, avec ses mots et un humour bien à elle, sa vie, ses parents divorcés, son amour pour Ismaël et surtout son amitié avec Rose. Cette dernière souffre d'anorexie. À l'aide de macarons « guérisseurs », Bestiole et Ismaël vont aider leur amie à retrouver le sourire...

Sélection de titres publiés chez Oskar éditeur

Pour plus d'informations, consultez notre site :

www.oskarediteur.com

Guy Jimenes

La nuit des otages

La tante Nieves, ex-membre de l'ETA et terroriste, est « la honte de la famille » ; tout le monde a rompu avec elle. José, son neveu, vit dans les silences de ce demi-secret. Jusqu'au jour où il décide d'aller voir sa tante…

Pascal Hérault

Le livre des ténèbres

Théo, 14 ans, fils du libraire Labrunie, est témoin d'un meurtre : un skinhead poignarde un homme et lui vole sa mallette. Lorsqu'il aperçoit la victime, le père de Théo semble troublé comme s'il la connaissait. Théo en est persuadé, aussi il décide de mener son enquête et découvre que la victime était un bouquiniste, écrivain et spécialiste des sciences occultes…

François Librini

120 ans plus tard

Alexandre Guérini et ses parents quittent Paris pour s'installer en Auvergne à Montbeyssoux, dans la maison dont ils viennent d'hériter. Très vite, Alexandre va subir brimades et agressions. Avec son copain Julien, il décide d'enquêter pour tenter de comprendre le pourquoi de cette hostilité…

Frédérique Lorient

Makila

Mathis ne peut plus se défaire de son impression de déjà-vu. Un sentiment de malaise l'envahit. Pourquoi ? Il n'est jamais venu au pays basque, et encore moins dans cet atelier fabriquant des makilas... Pourtant dans la nuit, tout lui revient : la peur, le coup de feu, la mort... Et son amie Alexia qu'il veut à tout prix retrouver... Mais quel est le lien entre Alexia et le makila ?

Claire Mazard

Papillons noirs

À 16 ans, tout devrait sourire à Vanessa. Elle vient d'être repérée par une agence de mode et a rendez-vous avec la directrice. Mais depuis quelque temps, elle reçoit des messages menaçants. L'agence Maud'Elle cache-t-elle un noir secret ? La commissaire Karine Raczynski mène l'enquête...

L'affaire du 15bis

Paris, 16 décembre. Au 15 bis, rue des Gobelins, un routier à la retraite découvre dans une poubelle le cadavre d'une jeune fille. Parallèlement, Alix, lycéenne un peu perdue, passe son temps à tchater sur le net, comme son camarade Maxence. Tous deux semblent avoir un même interlocuteur, un homme mystérieux qui pourrait avoir un lien avec la victime...

Le Pierrot infernal

Alors qu'ils se promènent à la Foire du Trône, Simon et Capucine découvrent le corps d'une jeune fille assassinée sur un manège. Quelques jours plus tard, une nouvelle victime est trouvée sous leurs yeux. Coup du sort ? Le commissaire Palmero en doute. Tous les indices semblent inculper Simon...

Geneviève Senger

Pour te venger, Joy

Lucas veut savoir la vérité sur la tentative de suicide de son amie d'enfance, Joy et punir le coupable qui l'a poussé à cet acte. Il retourne donc sur les lieux et enquête. La vérité surgit : ce qui passait aux yeux de tous pour une tentative de suicide est en réalité une tentative de meurtre...

Janine Teisson

Pesticides, pizzas et petit bébé

La cité des Capucines, c'est vraiment Chicago ! Un bébé a été enlevé, les chiens du quartier ont été empoisonnés et Yannick a été embarqué par la police ! Hélèna et les Rebelles, Mérièm, Frida, Idir et Samuel, vont mener l'enquête...

Publié par Oskar
21, avenue de La Motte–Picquet
75007 Paris - France
Tél. : +33 (0)1 47 05 58 92 / Fax : + 33 (0)1 44 18 06 41
E–mail : oskar@oskarediteur.com
Site Internet : www.oskarediteur.com

Auteurs : Anne-Gaëlle Balpe, Sandrine Beau
et Séverine Vidal
Conception graphique de la couverture et
direction artistique : Jean-François Saada
Mise en page : David Lanzmann
Direction éditoriale : Françoise Hessel

© Oskarson, 2012
ISBN : 978-2-3500-0821-9
Dépôt légal : janvier 2012
Imprimé en Europe
Loi n° 49–956 du 16 juillet 1949 sur les publications
destinées à la jeunesse